目 录
CONTENT

写在前面的话：我为什么要写这本书

被称为"一个新时代"是一件了不起的事，大航海时代、蒸汽机时代、互联网时代……

在一个新时代开始时勇于走在前面的人，一定是这个时代的精英。

"全民创业、万众创新"大潮就这样汹涌澎湃地卷起来了。而走在这个大潮之巅的是这样一群年轻人。

他们来自全国各地，他们没有资金，没有让人值得羡慕的背景，没有太多创业的经历，有的是在体制内的干部，有的是刚刚走出校门的学生。他们明明知道道路坎坷，明明知道绝大多数人会失败，但他们还是这样满怀热情地朝前走了。

谁也不知道路在哪，前面没有岸，后面又远离了岸……

各种创业营、学习型组织、创业孵化器如雨后春笋应运而生。中关村还办了创业一条街，灯火彻夜通明，夜深了，咖啡馆里仍人头攒动。那种热情和活力，谁看了都会感动。

也许这就是中国"硅谷"的兴起。

在创业型组织的丛林中，有这样一朵奇葩，它的名字叫"碳

9 学社"。"碳 9"是取"探究"的谐音，碳是化学元素中一个活跃又稳定的元素。说它是奇葩，就是至今也不能给它的内容起一个确切的名字，找到一个明确的定位。很多人试图把这个组织的状态明确下来，往往是一做就错。

"碳 9 学社"完全颠覆了传统课堂的教学方式，整个学习过程中没有专职的老师，老师和学员的身份也经常互换，老师就是学员，学员也是老师。

它又是一个创业的练兵场，创业当中有可能碰到的问题，在这里都能够得到演练。同时它还是一个创业的服务综合体，创业者碰到的困难,他们的实际需求能够在这里得到部分解决。

"碳 9 学社"不仅是一个学习的平台，也是一个深度社交的平台。大家在这场创业演习中，彼此增进了了解，互相搀扶一起摸索着朝前走。许多创业的合伙人都是在这里"勾搭"而成的。

大家把它称为"创业湿地"。湿地中长出了各种各样的庄稼，有的我们能叫得出名字，有的是我们叫不出名字的新物种，在创业这个生态环境中物竞天择，适者生存。

文明的源头是聊天。

2015 年被人们称为"中国的创新元年"，许多有理想、有才华的年轻人，怀着满腔热情投入进来。作为一个创业老兵，我自己都不知道为什么还会有这么大的热情投入进来，和他们一起牵手朝前走，像我们当年创业那样，再一次昂起头，去探索商业理念的新边疆。

我情不自禁地拿起了笔，试着把"碳9学社"的创业者那些动人的故事记录下来。他们虽然是草根，他们的这种创业精神和勇气与这个时代的脉搏一起跳动着。正像毛主席说的：他们是"站在海岸遥望海中已经看得见桅杆尖头了的一只航船，它是立于高山之巅远看东方已见光芒四射喷薄欲出的一轮朝日，它是躁动于母腹中的快要成熟了的一个婴儿"。

我把这本书叫作《创业的基因》，试图通过这些创业者栩栩如生的创业故事，以一种新的视角去仰望星空，勾勒出一幅创业者的"清明上河图"。

今年是中国改革开放四十周年。四十年在历史的长河中弹指一挥间，但中国人的生活发生了翻天覆地的变化，人们从战胜贫困到共享盈余，从不知股票为何物到区块链和人工智能……

作为这场巨变的亲历者，我愿以这篇拙作向改革开放四十年献礼，向在这个新时代努力奋进的创业者们致敬。

作者

2018 年 2 月 16 日

上篇

我们总得信点什么

1. 向氛围致敬

创新理念：环境改变人

当今时代，互联网上的知识已经非常丰富了，想学什么，在网上都能找到，远程教育、互联网大学更是来势凶猛。

如果你想获取知识，完全没必要辛辛苦苦地跑到学校，坐在课堂上听老师讲课。于是便有人大胆预言，大学要消失了。

可事实是课堂式教育不仅没有消失，反而方兴未艾。不管在中国还是美国，家长们都是想尽办法，花大价钱买学区房，让孩子进入好学校。大多数国家的大学教育模式也都差不多。

人们如此努力地在学校里寻找的，如果不仅仅是知识本身，那还会有什么呢？

学校给学生们所提供的不仅仅是知识，还有一种学习的氛围。良好的学习氛围可以产生很多看不见摸不着的隐性知识：一个会意的表情，一种精神上的自由；同学之间互帮互学，师生之间思想上的交流与碰撞；学校制度的约束力，甚至是同学之间的嫉妒与竞争。这些由人的聚集所产生的学习氛围，都是互联网学习所无法提供的。

学者们将这种学习称为"隐形学习"。它不是一种新技术的出现就能够从根本上取代的。至少到目前为止,学校的这种功能,还没有成熟的替代品。

创业故事:在创业环境中看到自己

"碳9学社"最吸引创业者的地方,就是那种在其他创业课堂当中很难见到的创业学习的氛围了。它一改传统课堂那种"老师在台上讲,学生在下面听"的教育方式,打破了千百年来课堂上师生之间的这条鸿沟,创立了一种"去中心化"的学习方法,让每个学员都成为老师,不仅让学员们在台下的"战斗队"里讲,还要让其站到台上,和别的"战斗队"去PK。有了"显摆"自己的机会,人人都成了开屏的孔雀,都想讲得引人入胜,这是人性中带来的。

常言说"台上一分钟,台下十年功"。为了讲好这一分钟,学员们围绕着这次课的创业主题开始读书,组织团队,通宵达旦地"拆书",制作PPT,自己和自己较劲,心甘情愿地"受虐"。用"碳9"创始人冯新老师的话说,这是"输出强制带动吸收内化"式的学习方法,就好像一个人向另一个人请教问题,第二个人也似懂非懂,但他却不懂装懂,勉强试着回答,说着说着,他就把自己给说明白了。

这种知识绝不是课堂上老师能带给你的，而是一个人和一个小团队，在争论、探讨和互相学习中明白和顿悟的，是传统课堂上所难以收获的。传统课堂的色调是冷的，即使老师的课讲得风趣幽默，台下笑声不断，那也只说明老师的水平高，而不是这种授课形式的功劳。在传统课堂上，学生是不能成为老师的，哪怕只是一堂课。

决定人们行动的是思想，而产生思想的是环境。在"碳9"这样一种热烈到近似疯狂，被自虐到突破自己的底线，敞开心扉自我解剖的学习氛围中，你获取的知识产生的心理变化非常适合未来创业的那种战场。有人开玩笑把"碳9学社"称为创业的"黄埔军校"，每当大家这样评论"碳9学社"时，创始人冯新总是谦虚地说："不能比，不能比的。"但圆圆的脸上偶尔也会泛起一点小小的得意。

作者感言

在互联网时代，在家里办公，已经完全可以实现固定场所办公所要实现的全部目的了。但人们在试行了一段时间之后，又渐渐回归了办公室，而且开始采取大开间的办公方式。这都是因为互联网无法提供办公室所能提供的工作氛围。虽说办公室政治以及办公室是非让人们望而生畏，但没了它还真不行。

　　世界就是如此这般组织起来的，群聚所产生的那种氛围和力量，是灿烂和巨大的。不仅是现在，就是将来出现比互联网更高级的技术，也无法忽略根深蒂固的人性因素。

2. 当你开始创业，你就已经赚了

创新理念：当你开始创业，你就已经赚了

以前我们穷，认为快乐只能来自消费，诚如郭德纲相声中说的那样："等我有了钱，炸酱面要两碗，吃一碗，倒一碗。"虽说值得一晒，但这样的想法大多数人都会有。

但认为只有休闲和娱乐才会让人快乐，这其实是人类对自我的一种曲解。人们不知道，真正的快乐只能从有意义的工作中获取。

人类之所以能从兽群中脱颖而出，并且战胜恶劣的大自然，是因为人类这种动物，能够结成组织，进行大规模的协作。人类的"工作基因"早已在漫长的演变过程中变得根深蒂固，此本性无法让渡，亦无法改变。

工作不仅能够带来财富上的回报，还能带来"社交货币"和"快乐货币"。我们经常见到有人在退休以后，身体很快就垮下，这正是因为他失去了工作带给他的那种快乐。失去了快乐的源泉，身体状态自然也就随之崩溃了。

创业故事：老大痛苦并快乐着

凡是参加过"碳9"课程的同学，都会有一种做按摩或者刮痧、拔火罐之后的感觉，当时觉着很疼、很难受，事后会觉着很舒服、很爽，过段时间还想来。"碳9"可以算得上最早把这种自虐式教学引入创业营的学习型组织。来这里上课的相当一部分都是身价不菲的"有钱人"，平常都是这个董那个董，习惯了前呼后拥，来到这里以后，所有的头衔都没了，有一种"当头棒喝""被一闷棍打趴下"的感觉。被捧惯的人，有时候需要体验一下失重感，来扫描一下自己的内心世界，这时候你看到的是一个你平常看不见的自我。

比如说在课程设置中，有一个"选老大"的环节。凡是想自己组队，准备在大课上跟别人 PK 的"老大"，先要上台发表演讲：讲自己有什么能力、专长、经历，凭什么能够带领团队到大课上夺冠……这有点像美国总统竞选。台下的人会根据演讲人的综合表现，决定跟随哪位"老大"去"闯码头"。演讲结束后，台上所有的老大都站成一排，背对大家，课代表喊"一二三"，然后学员们一拥而上，冲到台前去选自己的"老大"。学员们会排在自己想要跟随的"老大"后面，排满六个名额为止。如果学员没抢到自己最中意的"老大"，就只能抢自己第二甚至第三中意的"老大"，依此类推。这时会有一个很有意思的现象：有的"老大"炙手可热，身后的学员已抢成一团，而有的"老大"后面竟然一个人都没有。刚完成演讲的那些想当老大的人，就像是刚交了考卷的考生一样，心里一定是忐忑不安的。当课代表喊完"一二三"的时候，所有的"老大"竞选者都会转过头来看自己身后的队伍，有的人身后竟然一个追随者都没有。追随者人数不够的竞选者就自动被淘汰，然后去别的团队里打工。有几次，竟然是班里身价最高的竞选者被淘汰出局，他要在头上戴上一个白布条，上面写着"淘汰者"三个字。

"碳9学社"的课程中，有很大一部分是培养和打磨"老大"的。

创业是一种修行，而且失败率是很高的。政府号召"全民创业，万众创新"，但并不承诺说所有的创业者都能发财，但通过创业这条通道去提升自己，让自己修行到一个比较高的境界，却是可以做到的。所以从这点上看，从开始创业那天起，你就已经赚了。

作者感言

美国有两个创业中心，一个在硅谷，一个在纽约。为了了解和学习美国的创新精神和创业形势，我分别去了硅谷和纽约这两个创业中心。这两个创业中心的整体氛围不太一样，硅谷更多的是侧重于互联网和高科技，而纽约创业者的商业色彩可能更重一些。

　　我在纽约看到许多六七十岁的老人，还在努力做着一些我们看起来很不靠谱的事。

　　有一位刚到知天命之年的大学教授对数学产生了兴趣，他便开始去学习，一直到花甲之年，他还在学校里学习。我问他为什么要这样做，他告诉我说："这是我的工作，没有什么比工作更让我快乐的事了，离开了工作会生病的。"

　　现在许多人，特别是一些"90后"，他们已经不再把工作视为自己安身立命的基础；反观那些我们所谓的"富二代"，父母留给他们的财富足够他们挥霍几辈子的了，可他们大多数人却以极大的热情投入到创业中去。我问他们同样的问题，他们的答案居然与纽约那位老人差不多：人离开了工作会生病的。

　　将工作视为自己快乐的源泉，不再仅仅将其视为谋生的手段，这也许就是当代人与过去的人在观念上的一种区别吧。

3. 在那看不见的地方

创新理念：重要的东西是看不见的

这些年，北京陆续建起了很多摩天大楼，城市规模早已和美国纽约、日本东京平起平坐，但我们的地下排水系统是否能与之"平起平坐"，则只有天知道了。因为排水系统是在地下，在人们看不到的地方，不仅看不见，而且完善地下排水系统所要耗费的时间与金钱也让人咋舌。

大多数中国人第一次"看到"让人惊叹的地下排水系统，应该还是二十世纪八十年代的法国电影《悲惨世界》里。十九世纪，巴黎的下水道建得就像一个巨型的地下迷宫，人在其中显得那样渺小，更遑论《悲惨世界》这本书描写的是两百年前的巴黎。在书上看到现如今纽约、东京的下水道里面可以并排开两辆卡车，有的地方甚至还开辟出来供游人参观，所以，我们从没有听说过纽约、东京发生过下雨淹死人的事情。城市设计者在规划城市的时候，不要仅仅考虑地上建筑如何气派，外观上如何气势恢宏，而应该把更多的精力以及金钱花在基础设施上。在基础设施上给城市未来发展留下更大的空间，这些都是人们会选择性忽略以及忘记的地方。

这种思维方式被称为"大城市思维"。这就是为什么欧洲的教堂大都用石头砌成。德国的科隆大教堂一盖就是几百年，最初的建造者们根本看不到结果，但他们仍然会兢兢业业去做，因为他们相信神是能看见的。我们不得不为德国的科隆大教堂历经几百年的风雨依然保持原貌而感到赞叹。

我们喜欢做表面文章，讲求立竿见影，习惯于为了眼前利益而把麻烦留给明天。很多时候，我们都是做给别人看的，从卖假药到造假酒，从盗版碟到地沟油，中国人没有敬畏心，为了一点利益，什么都可以做。所谓"家家藏私酒，不犯是高手"。神是不是看得见，就管不了那么多了。

《小王子》这本书很薄，但据说这本写给成人的童话故事，其全球销量仅次于《圣经》。书上有这么一句话说得特别好："重要的东西是看不见的。"

看不见的东西，要比看得见的东西更重要，只有对看不见的东西有着高度敏感的人，才是一个有高度的人。如果一个人，他的目光所及都是看得见的东西，那么他不是一个格局很小的人，就是一个很小气的人，或者说是一个成不了大器的人。

创业故事：将生命数据化

罗奇斌算得上"碳9学社"创业营中的帅哥了，英俊倜傥、斯文儒雅。似乎是上苍对他比较眷顾，给了他一张生动的脸。同学们有时候跟他开玩笑说："奇斌创业有点可惜了，应该去当演员，说不定能和成龙、发哥一较高下。"

可就是这么一个"萌萌哒"的帅小伙，却从来和时尚无缘：他在汕头大学获得计算机和生物信息双学位之后，又在浙江大学读硕士，后继续去德国慕尼黑大学攻读生物信息学的博士学位，学成回国后，在中科院从事科研工作。

这么"单调"的人生经历，哪有一点明星的影子啊。

"创业之初，我的微信好友不足一百人，每天接触的人不超过十个。我常常一连十几个小时待在实验室里，真像是一个苦行僧，学术生活就是我的全部。"罗奇斌好像很喜欢喝咖啡，他的办公室里弥漫着一股浓浓的咖啡香气，他手里时常端着一杯咖啡。

"在科学院搞研究多好啊，你又喜欢，为什么要自讨苦吃去创业呢？"我问他。

"我应该算是国内最早一批生物信息工程师了，屈指一算，我从事这个行业已经有十二年了。钻研得越深我越发现，中国并不缺少像我这样的科研人才，而缺少把科学技术转换成产品的人。很多科研成果是国家花了很多钱、科学家耗费了毕生的精力搞出来，但它们在学术刊物上发表一次之后，就静静地躺在文件柜里，再也掀不起什么风浪了。这造成了巨大的浪费。于是，我就萌生了创业的想法。"他说话语速很慢，脸上总带着一种思考的表情。

"在中科院导师于军教授的帮助下，我于2014年辞职创业，成立了一家叫奇云诺德的公司，从事基因大数据和人工智能的开发和研究。我算是运气好的创业者，创业不久就获得了五百万的天使轮融资。"他说这段话的时候，眼光一直凝视着窗外，似乎沉浸在对往事的回忆当中。他手中端着的咖啡，冒着淡淡的热气。

罗奇斌告诉我：奇云诺德的市场定位，是通过人工智能将生命体征数据化，通过健康管理的产品和服务，让客户学会一套自我管理和日常保健的方法，从而改变不合理的生活方式和不良嗜好，降低慢性疾病的风险。

"所有的疾病都与基因有关，基因是DNA分子上携带遗传信息的功能切片，是生物遗传信息的物质，所以将基因检测应用于精准医学和健康管理，是人工智能的一个发展方向。用基因科技对疾病进行预测，可以减少许多因基因缺陷而带来的遗传性疾病，而通过基因检测也能够帮助人们对未来的疾病进行预警。

"在日本，基因检测技术已经普遍应用于胃癌早期筛查。胃癌在日本本来是很常见的慢性病，但现在已经得到了很好的控制，而这项技术在我们国家才刚刚开始。"

每当创业者说到自己的创业项目时，都会因为热爱而兴奋，一般都会滔滔不绝，罗总也不例外。他语速变得很快，一边说一边打开电脑向我介绍他的那些产品。那天他讲了很多，可惜我对他那些专业术语和奇奇怪怪的数据、图表一窍不通，只记住了一件事：他是上升的处女座，这种星座的人在工作上追求极致的完美，而且意志比较坚定，个性很强。

在采访中，我还碰到了奇云诺德公司一个最特殊的"员工"，它叫奇奇，职务是"首席安抚官"。在我采访罗总的时候，这只"首席安抚官"推门进来了，黑色卷毛，两只大耳朵垂垂的，进来以后就一下窜到了罗总的沙发旁，乖乖地躺在他的怀里。

"它来视察工作了。"罗总用手抚摸着自己的爱犬，顺手把自己喝剩的半杯咖啡递给了它。我在一旁看得好奇怪，到底是搞基因工程的，狗都喝咖啡，我笑喷了……

作者感言

新的一年，创新创业的大潮也许会更凶猛，它会席卷更多创业者的青春、才华和金钱。过去，如果我们在竞争当中输掉了，我们事后往往能够清楚地看到自己为什么会输掉。但在今天，左右我们命运的，都是那些我们看不见的东西，等你发觉的时候，你已经无力挽回了。

真正有所作为的创业者一定不是那种投机家，一定不是那种今天刨个坑、埋颗种，明天就指望能长成参天大树的躁动者。他们需要在实验室里、在创业营中默默耕耘，长期坐冷板凳，也许还要忍受人们不理解带来的嘲笑和讥讽，但我觉得这才是真正的创业者。

投资和投机，活着和生活，这两者之间可是有着天壤之别。

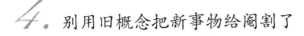 4. 别用旧概念把新事物给阉割了

创新理念：当你清晰地看见路的时候，你已经无路可走了

许多新东西，我们很难给它起个名字。这章要说的理念，我自己都不知道怎么去下定义，或者一说就错。那我用一个医生的故事来提出问题吧。

我认识北京某医院的一位医生，人们都叫她董大夫。她不是那种坐在诊室里给人看病的医生，她的能耐是：当你感到不舒服的时候，你就去问她，她能根据你的症状，大致判断出你去哪个科室、找哪个大夫看病比较合适。如果你跟她是好朋友的话，她还会领着你去找那个科室最好的医生。

一旦你的病情被确诊了，在专业医生治疗的过程中，她不会插手。但等治疗结束之后，在调理和康复过程中，你很难再见到给你看病的那个专业医生，这时候，董大夫又会出面给你很多后期康复的意见，一直到你痊愈。

她在医院工作了快二十年，但我没有办法给她的工作内容

下个定义。你说她是医生吧，她却不直接给病人看病，你说她是管理人员吧，她却每天都和病人打交道。在医院，经常会有这种情况，病人站在挂号室前面犹豫彷徨，不知道自己该挂哪一科，面对着玻璃上密密麻麻的科室名单发愣。有的病人排了一夜的队，好不容易挂上了专家号，等看病的时候却发现自己挂错了号。

所谓"三分病七分养"，在对治疗之后的康复护理上，尤其需要一位专业人士的指导。国外大多是由社区医院的医生或者护士来做这一部分工作，但我们国内却没有相应的设置。她及时填补了这样一个空白，可她又不是社区医生和护士。

她的这个工作岗位到底应该叫个什么名字？一直到她退休了，我也没找到一个合适的名字，最后我给她起了个外号叫"耳朵医生"，但就是这个"耳朵医生"，却救了很多朋友的命。要知道，很多人得病以后，最佳的治疗时间往往是在误诊的过程中被耽误掉的。

我们是靠语言系统中的概念化模块来把握外部世界的，但是当概念的内涵发生了变化，而我们还来不及发明新的词汇来指示这一变化时，就只能从旧的语言系统里拼凑出一个临时性的概念模块，或者是用旧有观念来定义当前的新事物。

当新事物发展到一定程度，自然而然就会被人们赋予一个最合适的名字。故步自封是不行的，我们的语言系统以及思想一定要做到时时更新。

创业故事：从"短工思维"到"短工市场"

曾献诗是"碳9学社"中最人小鬼大的姑娘。她来自湖北，常言说，"天上九头鸟，地下湖北佬。"据家谱记载，她是曾国藩的后裔。

创业营的同学们都喜欢叫她"诗诗"。她说话语速快，思维像雾像雨又像风，总是成片成片地涌过来，让人应接不暇。会听的人，能抓住她话里的闪光点，不会听的人，总觉得她的话有点儿空，还有那么一点点乱。

"别看我年纪小，我经历的事儿可不少哇，算得上有一番经历的创业者了。"我第一次采访曾献诗的时候，她可能担心我嫌她太年轻，于是先给我亮了一下剑，吓了我一大跳。

"我是90后，但却已经有五六年的'创业史'了。我的第一次创业是在浙江做教育培训，也许是运气好，第一次创业就成功了，赚了一笔连我自己都没想到的钱，当时觉得好神气。"说到自己过五关斩六将的创业史，人人都会有几分得意。

"但是，创业当中许多'新鲜的经历'我们是不具备的，这是我们年轻人的短板。那个时候的我也许会赚钱，但不会'守钱'，赚到第一桶金以后，我觉得自己像换了一个人，走路都带风。后来我才知道，人在春风得意的时候，往往也是最容易犯错的时候。后来……就没有后来了。"诗诗如是说。

"和许多创业者一样，我的投资血本无归。我一个人从浙江来到了北京，一切又回到了原点。"话语中，我觉得诗诗是一个很透明的人，说到过五关斩六将时兴高采烈，说到自己走麦城，也一点儿都不装，笑声透透亮亮的。

"来北京以后，怎么开始你的第二次创业呢？"对她这段创业经历，我充满了好奇。

"也许是北京的创业空间太大，也许是我自己的灵性没找到合适的地方安放，一开始进入北京创业圈子的时候，我也想着按照老师教的、课本讲的、长辈们说的方法去创业，可我就是找不到感觉，心里总是觉得难受，像是一条裹脚布裹在脚上，紧绷绷的，想走却走不动。我多少次试着调整自己，但总是熬不住，不知不觉又跑了出来。"

"那你来北京都做过什么呢？"我问她。

"做过教育，做过金融，做过互联网的 SaaS 平台，还做过比特币……"她的经历可真不少，让人听起来有几分"不靠谱"。

"我最怕也最烦别人问我的定位是什么，别说别人不知道，连我自己都不知道。可书里边儿总写着'要找准定位'呀，我认认真真地找过，有时候把自己搞得很苦。可几年下来，那些被公认的所谓'定位'，就像一把小刀一样，不断地阉割我的感觉和灵性，真难受啊！"她的话我当然能理解，因为我有过这样的经历。

"我算是一个热心的人，这点像我父母。朋友有什么事儿需要帮忙，招呼一下我就会到。有时候事儿干完了，朋友出于感谢会付一些酬金，我推脱不掉，只好照单收下。后来我渐渐地发现，这种忙越帮越多，事儿也越干越大，渐渐地，这些被别人认为是临时帮忙的'碎活儿'，反倒成了我得心应手的专业了，而且比我用心去干的事儿赚的钱还多。更重要的是，它和我心里的那种感觉契合了。真是有心栽花花不开，无心插柳柳成荫。"诗诗如是说。

她说这番话时，那种神态和坚定的目光，让我相信曾献诗同学这回是真的找到感觉和方向了。虽然她的创业项目在别人看来有些另类，也叫不出个大众认可的名字来，但创业的经历告诉我，真正的"新物种"在别人看来大体都是这样的：看不起、看不懂、来不及、跟不上，扎克伯格是这样，马云也是这样。

创业大潮中的"短工市场"，在创业领域里几乎还是空白，在美国硅谷已很成熟了，但在中国则是刚刚兴起。反倒是保姆行业、装修行业的短工市场枝繁叶茂，走在了创业的前头，真是"下下者上上智，上上者下下智"。

诗诗同学算不算这个领域的"中国第一人"我不知道，但她在创业的短工市场中，一定是走在前面的人……

当一个新事物刚露出端倪的时候，总有一些敏锐的人，虽然无法对其做出准确的判断和定义，也不知道它最精确的内涵到底是什么，但他们就这么"稀里糊涂"地去做了，后来居然还做成了，他们自己都不知道自己发现了一个新的行业。

在日常生活中，我们绝大多数人在面对这些叫不上名字的新事物时，往往都会持怀疑态度，认为它不符合常态，只是一些不务正业的人在瞎胡闹，甚至会强行把这个新事物往一个旧概念里面塞，结果我们就把这个新事物中所蕴含的最鲜活的精华部分给阉割了，彻彻底底将其变成了旧东西。

作者感言

今天的创业者，碰到这种"叫不上名字的新东西"的概率，会比不创业的人高得多。明明看见它在那，但就是无法用一个大家都认可的词汇去描述它。如何对待这种冥冥之中的朦胧态，这是所有创业者绕不开的一个话题。

之所以要跟大家分享这个观点，是因为我在这个问题上取得过比较大的成功，也有过很大的失误。

我在 1992 年创办中国第一家"性商店"的时候，中国连专营店的概念都没有。在当时，人们的认知就是到百货大楼买东西，更不要说什么"性用品专卖店"了。后来事情做起来了，在媒体上引起了轩然大波，这才有了合适的名字——性用品商店。后来，当我又碰到其他新事物的时候，我却畏首畏尾，因为找不到一个合适的概念而不敢为天下先，结果错失了很多机会。

在"资本主义"这个名词出现之前，这种社会形态已经存在了很长时间。一开始，人们只是觉着它和过去的封建社会有些不一样，看起来有点不伦不类，但不知道该怎么定义它。直到"资本主义"这个词出来以后，人们才对这种社会形态有了清晰的认知。

这种看似混乱的状态往往是一个新事物被确立的开始，因为还没有一个精准的概念可以将其定义，所以人们才会感到茫然。当人们在对新事物感到茫然之时，通常会有两种做法：第一种做法是用旧的概念去定义新事物，第二种做法就是对新事物嗤之以鼻。

这样做的结果就是，新事物被阉割和扭曲。所以我们才说"教条主义害死人"。

小到个体，大到组织、社会，当新事物横空出世，引发思想混乱的时候，不要急于强行理出一条所谓清晰的线索来。这就像一个还没有熟的果子，你不能强行把它摘下来。

那该怎么办呢？就在这种混乱中，顺着感觉向前走，干着干着你就清晰了。所以，路一定不是事先设计出来的，而是回头看时，才知道路已经被自己走出来了。

理论是苍白的，实践之树常青。《西游记》主题曲中的一句歌词非常好：敢问路在何方？路在脚下。如果你整天想着路在何方，往往是一想就错。

所以，我建议现在创业的这些年轻人，不要把那些"新概念"作为自己创业的出发点，更应该多看看什么是只有你知道，而别人不知道的，这些也许才是你创业的闪光点呢。

人总不能先学会了游泳再下水呀。

5. 找到自己的天赋点，不要做"灰人"

创新理念：别人的美味，自己的毒药

前中国乒乓球队总教练刘国梁曾经说过：一个天才运动员的出现，往往能毁掉几代人。天才创造出来的打法，只是他的天赋所致，模仿者是达不到这个高度的。但是，因为他拿了世界冠军，于是很多人不管自己在这方面有没有天赋，一味地去模仿，那肯定是死路一条了。

有这样一种人，他看到别人在某个领域成功了，不管自己擅长不擅长，也跟着学，这就是所谓的"灰人"。"灰人"是指他自己在某个方面没有什么天分，但是看到别人成功了，自己也跟着学，如果学得不成功，他不会认为是自己的天赋不够，而认为是自己不够刻苦。于是，他就拼命地努力，直到把自己毁了为止。

据说这种"灰人"在牛津大学的"鄙视链"里处于最末端。这也反映了牛津大学对待学术的一种态度，那就是反对天赋之外的刻苦。

这个"灰人"的观点，把我们打小就熟悉的刻苦学习的观念给颠覆了。但你真正看看我们周围那些成功和失败的人，你会觉得这个观点是有道理的。

在对创造性的要求不那么高的领域，勤能补拙是存在的，但其作用很有限。如果是在创新领域，勤是补不了拙的，天分的价值排在第一。刻苦是没有太大用处的，如果没有天分，失败是必然的。

天赋不相信刻苦的眼泪和汗水。

创业故事："碳9学社"的名人

为了写好这本关于创业的书，我有机会采访到了古典老师，他是"碳9学社"升级为"碳9加速器"以后的第七期学员。他可以称得上创业领域里的名人了，他所写的《拆掉思维里的墙》销售量达到三百多万册，这在卖了几万册就算是畅销书的今天，确实是一件很了不起的事。

他的专栏《超级个体》订阅量也达六万之多，比和他同时开播的吴伯凡老师的《伯凡·日知录》订阅量还大，而后者是当年红遍大半个中国的《冬吴相对论》的主播。

采访的时候，我问古典："你以前在那些名人面前还是个一文不名的小学生，怎么一下子就能和这些大师们同台竞技呢？"古典告诉我："我在这个领域里有这么一种特殊的感觉，我从心底敬重那些大师，但是当我读到他们的作品的时候，总觉得这些东西好像我也能做到，这不难啊，于是我就做了。"

当你在某个领域里看到你的竞争者都非常笨，你有时候还替他们着急，而你不费什么劲就能做到前端的时候，这可能说明了，你的竞争者的天赋是不够的。

但可悲的是，他们不认为是自己的天赋不够，而浅显地认为是自己不够努力。再加上我们的文化传统历来提倡刻苦，这些人都相信"一勤天下无难事"，于是更加刻苦、拼命，结果不仅惨败而归，最糟糕的是把自己在其他方面的天赋给扼杀了。

我们每个人都各有其天分，不要在你不擅长的地方浪费时间，去寻找你真正有天赋的地方吧。

如果你在穿上学位服、拿到高分成绩单，准备从大学毕业的时候，还不知道自己的天赋是什么的话，我建议你最好远离高创造性的领域，像美国和日本的许多青年那样，踏踏实实打一份工，或者考个公务员不是挺好嘛，比做一个生活在梦想和失败中的"灰人"强。

在学习、创业中，我们作为老师和家长，应该关注的是什么呢？是每个人都有的、一旦显露出来了就挡也挡不住的天赋。所以，我们千万别做扼杀年轻人天赋的长辈，因为天赋是很脆弱的，一次扼杀足以毁掉一个年轻人的一生。

作者感言

找到自己的天赋所在是一件非常不容易的事，对于我们个人的一生来说，它可以算是一种伟大。

世界上有许多种伟大，叱咤风云、扭转乾坤当然可以称之为伟大。但还有另外一种伟大，一种很渺小的伟大，就是那种心甘情愿去做被别人所忽略的事。这种伟大不在聚光灯下，却永存于我们内心深处。

如今，"核心竞争力"已不再是什么新词了。在这个信息时代，人们清醒地认识到，个人的核心竞争力不再单指专业能力，他的思想、见识、视角、行动、坚持力、创新力已经成为新的核心竞争力。我们完全可以将这些能力分为软实力和硬实力两种。其不同点是：硬实力大多是学来的，看得见摸得着；而软实力则属于"内功"，是修来的，看不见摸不着，极耗费时间，见效也很慢。但竞争的成败往往就取决于这些看不见摸不着的软实力。

一个立志创业和创新的人，应该在这些看不见的地方多夯实一下自己。现在，与创业有关的读书会活动非常多，水平大都非常高，但有些地方也弥漫着一种浮夸炫耀的气味。有些人专门去读一些他们认为能立竿见影的"创业宝典"，背下几个创业名词就跑出去讲课，向别人炫耀，用眼下一个时髦的词叫"忽悠"。好像谁背的创业名词多，谁就能够成功似的。东家有读书会他去露个面，西家有创业晚宴，他去蹭一顿。这样的人不止一两个，就像当年的"会虫子"，现在跑到创业大潮里来了，不过换了个名字，叫"悠客"罢了。这样的人一生也许永无聚焦，或者是聚焦不实，很难站在成功的山顶上，明明在某些方面有很高的天赋，却不去挖掘自己的潜力，最后做了成功者的分母，多可惜。

"碳9学社"是让这些"悠客"们落荒而逃的地方，学社创始人冯新老师非常注重提高创业者的"内功"。许多创业者来到这里之后，很想快速见效，想很快找到项目，一炮打响，立马脱贫致富，成为第二个马云。

每当这种情绪开始蔓延的时候，冯老师给大家开的药方就是：去读一些和创业无关的"无用之书"，磨磨这急躁的性子。他说过这样一段话，给我的印象很深："读书不是给别人看的，这是一件很私密的事。读书也不在于你读了多少本，记住了多少名词，而是在长期的阅读当中，人的观念和气质发生了变化。这也是为什么在校的大学生和自学考试的大学生，在气质上一眼就能区别出来的原因。"

在这种看似休闲、远离功利的氛围中，我们的天赋也许会不知不觉地显露出来。

6. 在相持中积累优势

创新理念：优势是在相持中点滴积累的

"碳9"创始人冯新老师曾经这样说过：在创业的火热激情过后，会有一个漫长而痛苦的相持过程，这考验的是人的耐性和苦撑的素质。

我有一位球友老朱，他曾参加过对越战争。我们常在一起打乒乓球，常会把那张小小的球台当作演兵的沙盘，在上面进行进攻防守、相持转换的演练，然后出透一身臭汗。

每盘打完球以后，我们总要复一下盘，总结一下这场球的得失。后来我写《小球大时代》这本书的时候，其中的很多理念和内容，都是从打乒乓球中悟出来的。

关于战争，老朱说得最多的是："很多人对战争的理解比较片面，战争远不像电影里演的那样，靠残酷、血腥、拼杀和牺牲来赢得胜利，许多时候都是由忍耐和煎熬来决定成败的，特别是双方实力相差无几的时候更是这样。"

我们在电视上看美国人打伊拉克，打阿富汗，在航空母舰上发射战斧式导弹，飞机铺天盖地地狂轰滥炸，没几天战争就结束了，其实那不是战争，那是屠杀。实力相当的一场战争，大都是打到最后，双方都熬不住了，一方出现了失误，而被对手抓住了漏洞，如此才分出胜负来。

古典名著《三国演义》所描写的那些顶级高手的对决，都是大战几百回合，从日出战到日落方才能见分晓，有时苦战一天都分不出胜负来，便约好明日再战。

这都是在相持中积累优势，不仅是在技术上和体力上积累优势，更重要的是在心理上积累优势。看起来打得难分难解、不分高下，其实每一个回合都在积累着优势，有时候，这一点点优势小得连当事人都觉察不出来。但是，随着时间的推移，一方的优势就会越来越明显。胜者王侯败者寇，其实二者之间只差最后的半口气，只差那么一点点积累起来的优势。

创业故事：磨磨创业者的性子

"碳9学社"就是一家非常有特色的"创业演兵场"，在培养学员相持能力上，有其独到的训练方法。每一期培训课程，都特意设置了很多烦琐的程序，有时候甚至到了不近人情的地步。其目的就是想通过这些暴虐手段磨一磨创业者们的急躁性子，让创业者的万丈豪情，变得平实而厚重一些。

"碳9学社"的每一期培训，从开始报名到最终结束，要历时将近一个月，其间要经历建群、资料挖掘、小组磨课、抢板凳、交作业、大磨课等环节，直到最后为期两天的正课。每一个环节都是为在创业过程中可能遇到的困难和障碍设计的。

有些外地的学员，甚至要在北京住一个月的宾馆，才能完成一期的学习。经常会碰到这样的情况：因为回想起这一个月的磨砺与艰辛，在大课结束时，最终拿到冠军的小组往往会号啕大哭。

经常听到"碳9"的同学这样说：一个月的培训下来，性格都有点变了，如果当初就光凭着那种躁动去创业，会死得很快的。

现在许多地方的创业培训课程大都是一两天，都还是停留在"老师在黑板前面讲，同学黑压压的一片坐在下面听"的阶段。学员听了课程之后也挺激动，但大家最多互相留个微信号，然后就四散天涯、各奔东西了。而针对创业者的"创业心力"进行培养和打磨的，"碳9学社"算得上北京第一家了。

人们往往容易高看一年的计划，而低估五年的成绩。

日拱一卒，每天进步一点点，持续朝自己擅长的方向前进。即使是细微到难以察觉的小变化，五年间积累起来，有时候连自己都会感到吃惊。这就是在相持中积累优势的力量。

作者感言

今年是中国改革开放四十周年。

改革开放之初，很多"不安分"的人辞职下海，借着好时机加上好运气一夜暴富。前几天还在门口小摊上吃煎饼，过几天就事业有成，穿梭于各大酒店和写字楼之间了。

这并不是因为他们有多高的商业天赋，而是因为平台不对等。那时有"岸上"和"海里"之分，许多有才华的人被禁锢在体制内，不能在"海里"和这些"不安分"的人竞争。

世无英雄，遂使竖子成名。

后来岸没有了，商海汪洋一片，许多体制内的优秀人才别无选择，只得跳进了这片汪洋大海中，而当年那些先下海的"不安分"的人也就没有什么优势了。股票、房地产、互联网等领域都是在那个时期迅速崛起的，比起当年倒批文、卖服装的那些下海英雄们，前者的商业含金量要高多了。这些领域在很短的时间内就和国际接轨，出现了一大批巨无霸企业。

每一个细小的领域里都有竞争者，商业前辈们那一夜暴富的神话，成为永远的过去。

今天的创业者在书上面看到过前辈们创业的历史，总以为那样的奇迹今天还会发生。相当一部分创业者总是抱有一种"速战速胜"的心态，他们喜欢"闪电战"：编织出一个又一个眼花缭乱的项目去融资，一旦资金到手，就觉得自己成了有钱人，A轮融资的钱花完了，再去融B轮，而许多企业却倒在了C

轮的崎岖小路上。

　　一夜骤富的时代已经成为过去。对于今天的创业者来说，暴富已经成为"白日梦"的代名词。可我们还能在一些商业丛书和讲座中听到这种论调，一些人相信当年那种在时代红利下发生的偶然事件，在今天还可能发生。恰恰就是这些脱离了实际的观念，使我们变得浮躁不安，总想着一蹴而就。要知道，"白日梦"只会把你引向死路。

　　中关村创业一条街虽然装修得比以前更加奢华正规，街上几乎所有的门面房都被改成了创业办公室，但人流量却比往年少了很多。以前一个网络工程师年薪三十万都不好招，现在这个岗位的年薪已降了三分之一。

　　由于匆忙上马，我认识的许多希望一蹴而就的创业者，他们创办的企业相继倒闭，只好从漂亮的办公楼里搬出来，回到创业园里租一个工位，一切又回到了原点。

　　有观察家说，创业热潮已过，创业也从开始时热火朝天的誓师大会，进入到相持的冷阶段。从中关村创业一条街的境况来看，这话说得似乎有点儿道理。

　　创业进入到了相持阶段。

　　毛主席在他的名篇《论持久战》中指出：抗日战争既不是速胜，中国也不会速亡，唯一的出路就是持久战。

　　这书今天读起来还是那么亲切，让人醍醐灌顶。

7. 精神乞丐，你就别创业了

创新理念：精神乞丐

我们身边的"精神乞丐"确实不少。这里所讲的"精神乞丐"，是指习惯性索取的一种人生状态。

我就碰到过这样一个典型的"精神乞丐"，他是中国刚刚恢复高考制度后的第一批大学生，被称为"天之骄子"。当时的大学生，机会多得令今天的大学生们难以想象。他从政失败以后，一没转入到商界，二没转入到学界，这些年来他只做一件事，就是让别人请他吃饭。你不要以为他是那种没文化的"小混混"，他毕业于名牌大学，在 1992 年前后的那次下海创业潮中，也算是小有名气的文化人。

不管他是因为什么失败的，以当时的社会环境来说，他完全可以东山再起，可他却选择做一个"精神乞丐"。只要是有饭吃的各种会议、活动，他都会到场，然后就开始发名片，名片上的头衔多如牛毛。

一见到认识的朋友，不管关系好不好，没聊两句就说："走，吃饭去吧。"午饭还没吃完，就开始约人晚上聚会，晚饭还没吃完，就开始约明天中午的聚会，美其名曰"策划人"。

让我敬佩的一点是，他能二十多年如一日地"要"下去。我和他吃过很多次饭，不要说买单，连买单的意愿都不表示一下，似乎这个世界的人都该请他吃饭。

这样的"文化混子"在北京有一些，但像他这么专业的"精神乞丐"实属罕见。一见面不是"蹭"，就是"要"，而且是心安理得，不管要多少，他都会觉得你给他的还不够多。

创业故事：治疗"精神乞丐症"的地方

"碳9学社"就是一个医治创业者"精神乞丐症"的地方。创办人冯新老师除了是投资人和创业导师之外，还是一个历史爱好者。他经常说，创业者应该学习当年共产党人在延安时的那种"南泥湾精神"：自己动手、丰衣足食；锻炼自己在外界条件极其艰苦，几乎没有太多外援的情况下能够苦撑许久的能力；只要这口气不断，机会总会出现，局面有时候会发生你意想不到的变化。

有些创业者没有这种自力更生的精神，总想着天上会掉下大把的钞票，落在自己脚下。"天上掉馅饼"的好运气在二十世纪九十年代的第一波创业浪潮中出现的概率比较高，因为那个时候市场有太多的空白。而这次创业与上次有很大的不同，几乎是每一寸土地上都有激烈的竞争在展开，创业者的失败率非常高。怎样应对这种状况呢？还是牢记毛主席的话：丢掉幻想，准备斗争。这句话今天仍然没过时。"闪电战"的时代过去了，苦撑成为创业者的重要能力和素质。

创业者肯定是在极其困难的环境中起步的，除了脑子里一堆自认为还不错的创意之外，缺人、少钱是家常便饭。意志稍微薄弱一些、能力稍微差一点的创业者，很容易陷入一种"坐、等、要"的状态，张口闭口就是找投资、找合伙人，在期盼和梦幻中苦苦等待幸运之神降临在他的头上。

可今天中国创业市场的实际情况是什么样的呢？投资规模就这么大，比起那些浩如烟海的项目，简直是杯水车薪。合伙人更是一人难求，素质高、能力强的创业者都自己当老板了，他自己还找合伙人呢，为什么要来给你当二股东呢？所以，企业的合伙人，也就是我们常说的"二把手"，成为比资金还稀缺的资源。

这些既等不来也要不来。与其等待那些梦想中的外援陪你创业，不如自己先行动起来，一步一个脚印朝前走，也许还有希望。

作者感言

说到乞丐，我想起这样一位捡破烂的老头儿。那是一个特别冷的冬天，我看到他在小区门口的垃圾箱前，点着几张烂纸在取暖，我动了恻隐之心，怀着一种帮助穷人的想法走过去，拿出一点钱给他。他目光中流露出一丝感激之情，对我说："谢谢，我不是要饭的，我是捡垃圾的。"顿时，我内心中的那种"施舍感"荡然无存。那是我第一次对一个捡垃圾的人产生了敬意。

以后我每次在小区门口看到他，都会向他投去敬佩的一瞥。碰到刮大风或下大雪的寒冷天气，我总会不由自主地从窗户上看一看他是不是还在垃圾箱旁烤火。我把他写到了《禁果1993》这本书里。

所以说，"精神乞丐"不是一种身份，而是一种精神状态。这个捡破烂的老头儿虽然在生活上和乞丐没有两样，但他不是乞丐，因为他不"要"。

收破烂的也好，"精神乞丐"也罢，那是人家愿意选择的一种生活方式，我们无可厚非。但患有"精神乞丐症"的人一定不要去创业了，那不是"精神乞丐"应该去的地方。

8. 创业会有副作用

创新理念：警惕创业的副作用

我的一位好友原本在中央电视台做制片人。他十几年前下海，承接体育赛事和媒体转播，赶上了好机会，生意好得连他自己都不敢相信。可能是因为他在电视台工作时间很长，世界观已经定型，人虽然上了"梁山"，心里却仍留恋着所谓的"正宗"，总觉得自己的企业不那么正规。但由于当时的业务发展太快，他也顾不了那么多了，只好找个骆驼当马骑，拆了东墙补西墙，就这么胡乱干着，谁知企业越做越好，真是"乱拳打死老师傅"。

当企业发展到一定规模的时候，这位老兄觉得自己可以腾出时间来提高一下自身的商业素质了，于是花重金去某商学院学习。他在商学院学了一堆新名词，中英文混夹在一起，还真唬人。

他自认为取得了真经，自然要回公司传经布道。他不顾员工的反对，以极强的执行力对公司进行了大刀阔斧的改革：建立了清晰的规章制度，早上的签到也从以前的刷卡变成了人脸识别；设立了许多新的部门，不仅有办公室、人事部，还专门设立了一个维稳部，下面有工会和纪律检查部；各办公室还安了摄像头……

他按照商业教程调兵遣将、精心布局之后，员工反而不知道该怎么干事了，整天在"文山会海"中疲于奔命。一次普通的报销，金额不过几十块钱，从领钱到报销完，要经过四五个部门领导签字。许多时候实在来不及，员工只好自己先垫资，但这又不符合公司所谓的"规范的财务制度"。于是，最后只能牺牲工作效率了，公司业务直线下滑。

我这位朋友居然还弄不明白到底哪里出了问题，整天沉迷于正规化的公司氛围中，享受着那种看似秩序井然的和谐美好。

有一次私下聚会吃饭时，多喝了几杯酒，他用手托着脸对我说："以前那种不正规的状况还挺好，现在为了加强正规化建设，我花了那么大的力气，公司反而越来越混乱了。"

我看着他那双醉迷迷的眼睛，不知如何回答才好。因为我也吃过这方面的亏，比起他来有过之而无不及。

任何一个美好的愿望都会有副作用相伴而行，但往往会被我们忽视。

能治好病的灵丹妙药会有副作用，所以我们经常可以见到病治好了人却死了的情况。

改变人类生活方式的高科技会有副作用，它会使我们离大自然越来越远。

有时副作用所带来的危害，甚至比事情本身还要严重，而我们往往不知道它会从什么地方出现，更不知道它在什么时间出现。

创业故事：防范副作用也有了课程

"碳9学社"曾经组织的一次微信群直播，请到了前央视财经频道的主持人王利芬女士。她在辞去央视主持人的职位之后，自己下海创业。当有人在微信群里问她怎么看待大学生下海创业时，她坦言道："我觉得没有什么经验的大学生不宜直接创业，他们没有多少社会经历，没有商场上的知识，他们基本上都是在应对考试中长大，他们习惯于标准答案。而创业是个需要高智商的高风险行业，许多经验丰富的企业家都不一定成功，更何况是那些没有经验的大学生们……"

这是我在热火朝天的创业大潮中，听到的第一声冷思考。

在创业培训中，"碳9学社"在全国率先推出了防范创业副作用的课程。该课程采取一种近乎施虐的教学方法，其中以"狠拍爱"最为厉害。

所谓"狠拍爱"，就是不管你是什么"总"、什么"董"，当你在台上讲话时，台下随时可能有人站起来向你"扔砖头"，直接打断你说话。

没上过这种课的人真的会被这种突如其来的打断搞蒙。如果你没有特别有力的论据将对方驳倒，那你就会被这些"砖头"拍死。这种做法有点儿像我们在电影里看到的特种兵的训练方法：他们要扛着很重的木桩在泥地里爬行，通过这种高压力的训练，来锻炼自己的承受力。

除了"狠拍爱"，"碳9"还有一系列"施虐教学"的方法，会把学员折磨得死去活来。这些教学方法都是为了提高学员的心理承受力而设置的，这种心理承受力可以有效抵御创业副作用对其心理以及身体所造成的伤害。

这样的教学方法在全国的创业培训课程中都属于首创，自然招来不少非议。不过，它因为效果显著而深受学员欢迎，许多同学甘愿花钱到这里来接受"虐待"。

这些课程的目的，是为了培养学员们创业时的心理承受能力。把这些习惯被人称为"董"和"总"的人一下子打回原形，让他们在清零之后看到真实的自己，从而把创业的副作用降到最低。

作者感言

当我们遭受一次又一次副作用的攻击之后，我们发热和偏激的大脑才会冷静下来。2013年四川省高考作文题目《过一种平衡的生活》，已经不像往年的高考作文题目那样指点江山、壮怀激烈了。

　　我唠唠叨叨地说了半天，也很难把创业的副作用说得清晰明白。一件新生事物的兴起一定是和它的副作用结伴而行的，对于摸索着前进的创业者来说，他们很难预测副作用会从何而来，更无法对副作用进行预判。我们能做的只是在自己内心设置一个刹车闸，以便在副作用出现时，及时降低速度、调整方向，把副作用的冲击降至最低。

9. 成功大都是偶然

创新理念：都说失败是成功之母，这话只说对了一半

我们一说到大海，就会想到阳光、沙滩，美女喝着啤酒在太阳伞下做日光浴。但那是海滨浴场，而大海很多时候是深不见底、浪涛滚滚、冰冷恐怖的，海啸更是能无情地卷走无数人的生命，这才是大海的本质。记得有位哲人这样说过：我们所做的事情，绝大部分都会失败，如果成功与失败是一幅油画，那失败就是这幅油画的背景色。

我们总是用"美丽""聪慧""温柔"这样的词汇来形容女人，但现实生活中漂亮女人是很少的。大部分女人都很普通，而且多疑、善变，有时还有那么一丝狠辣与思维上的混乱，但这也是女人所共有的本性。

失败同地球引力一样，是一种常态，有其必然性，而成功却有太多的偶然成分在其中。成功需要把刻苦、努力、聪明、天赋、机会、时代背景等诸多条件糅合到一起，有时还需要有一点运气，缺少任何一项都不会成功。

所以失败的概率要比成功高得多，如果成功很容易获取，我们就不会为成功而欢欣鼓舞了。我们要学会与失败相处，和成功相处是很容易的，但和失败相处就难了。

一个成功者的脚下，不知堆砌着多少人的"尸体"。"一将功成万骨枯"，这是人们经常挂在嘴边的一句话。可我们从来都是将目光聚焦在成功者身上，这就容易使我们产生错觉，以为自己身边到处都是成功者，只有自己是个失败者。

迄今为止，我没有看到过一本很好地描写失败的书。人们总喜欢讲自己"过五关斩六将"的光辉事迹，而不愿意说自己"败走麦城"的经历。但有的时候，失败的经历比成功的经历更宝贵，特别是在人年轻的时候。

害怕失败，过分地强调防范风险，会使一个人或一个企业缺少创新的活力。只要没有对挫败感免疫，失败往往是件好事情。

创业故事：中国的"犹太人"

在我认识的"碳9"的上万名学员中，朱怀阳是最有特色的"独行侠"了。不仅是我，"碳9学社"的创始人冯新老师和许多学员，也都对他的商业才华和商业直觉表示认可和赞扬，有时候甚至是"高度赞扬"。别笑，这是真的。

特别是冯新老师，他在国内的投资界算是"大咖"了，阅人无数，阅企业无数，能得到他的赞扬还真不容易。

怀阳是那种浑身上下都带着"钱香"的人，他给人的感觉是离钱很近。他平时话不多，但只要一开口说话，一定会让你眼前一亮，而且大都和钱有关。我们有时候跟他开玩笑，说他大大的眼睛和油光的大背头特像索罗斯，他却说自己和特朗普是同一天生日。

说怀阳像索罗斯，虽然是开他的玩笑，但仔细琢磨起来，还真有那么点意思：索罗斯是犹太人，而怀阳是温州人。要知道，温州人被称为"中国的犹太人"，他们天生会做生意，三岁的孩子就能坐在炕上帮大人数钱。

怀阳在"炒"上还真有些天赋。大学毕业以后，他做过餐饮的股权投资和品牌打造，从炒股票到做基金，再到后来的比特币，都没有离开过一个"炒"字。他的操盘手法也比较"诡异"，时而凶狠，时而轻柔，时而用上百倍的杠杆撬起巨额资金，时而又销声匿迹、失踪数日。用北京话说就是"天生就走那一卦"。

他最精彩的一次操盘，就是在前一阵子热得烫手的比特币风潮中。从开始乘势入市，到后来国家政策变化引发的数字货币大撤退，他始终非常镇定。"善阵者不战，善败者不乱"，身为90后的他，境界已经不低了。

我当时很想把他这段经历写进这本书里，他不肯，说现在还没成名，不要写。他这是低调还是自信日后一定会成为名人，我就无从知晓了。

我心里曾暗想：幸亏怀阳和我是朋友而不是对手，如果是对手的话，这一定是一个很难对付的对手。

"我不擅长运作规模很大的公司，我喜欢做'独行侠'，像古代的侠客那样，一个斗笠、一把宝剑云游天下。互联网时代的'独行侠'，宝剑变成了手机，一部手机走天下。"这是我第一次采访他时，他给我印象最深的一句话。

"如果我把你写到这本书里去，你最想让我写你什么呢？"我坦率地问他。

"我特别想让我爷爷在书里边看到我的故事，让他知道孙子在做什么，我也很想让我父母看到我的故事。我总觉得对不起家人，我做基金亏损了上千万，讨债的人踢破了门槛，我天天都做噩梦，家里卖掉了一套房子替我还债。我在外边做大侠，家里人总替我担心，妈妈每次来电话第一句话就问：'儿子，你没在忙吧？'"他说这番话的时候语速很慢，目光一直凝视着窗外。

"也许我们无法改变世界，但要努力成为最好的自己。"怀阳离开中国以后，我再也没有见过他了。偶尔通过微信朋友圈，了解到他一会儿在非洲，一会儿又在日本。至于他下一步要做什么，就不是这篇文章和这本书讨论的范围了，但有一点可以肯定，他一定会走在财富的最前沿。

有位名人曾经这样说过：一个人的成功不仅取决于他的才华，更多的是时代和运气。

作者感言

在"碳9"创业营上课的那些日子，我的心情是很复杂的。看着这么多创业者满怀热情和梦想，在创业的前沿探索和徘徊，那种热情是很感染人的。作为一个曾经成功创过业的老兵，我清楚地知道，在教室里坐着的这一片创业者，绝大多数都会失败。

我没事的时候就喜欢到北京图书大厦逛逛，我发现书店最显眼的书架上都是关于成功学的书，也不知道从哪里冒出来那么多"成功学大师"，"乱哄哄你方唱罢我登场"。机场书店最显要的位置，也都铺满了这种教你如何成功的书籍。这些所谓的学者或专家当中，有很大一部分其实没有任何成功的经历，他们只是把别人加工过不知多少次的故事，拿来添油加醋、再次加工，变成新的故事而已。他们不仅在电视上讲，还到各处去演说，那些故事真实不真实，就只有他们自己知晓了。

现如今，宣讲成功居然成为一种职业，但这和创业没有任何的直接关系。可是人们由此产生了错觉，认为成功就应该是那些"成功学大师"所描述的那样。这就像琼瑶所写的小说一样，它们让无数年轻人相信，美好的爱情就应该是那样的缠绵、撕扯、纠结，当他们在现实中发现自己的爱情并不是那样的时候，自然就会认为是自己的爱情出了问题，或者认为别人的爱情都是那样的，只有自己的爱情是例外。于是，他们就要没事找事，掀起轩然大波，最后一拍两散。

失败是成功之母，这话只说对了一半。不是所有的失败都可以为成功积累经验，只有好的失败才有助于我们走向成功。那么，什么叫作好的失败呢？第一，能得到及时纠正的失败；第二，小的失败、别人的失败，失败的代价要小，如果已铸成大错，就难以挽回了；第三，不要带来太多挫败感的失败。其他的失败大概就属于坏的失败了，这些坏的失败使你很难从失败中东山再起。

要想从失败中获得经验教训，其实不是个容易的事儿。

失败是常态，成功是偶然，我们只能去直面，无法逃避。

现在的人都太渴望成功了，因此也就变得特别好"忽悠"。找几个运气好的人，编几条关于创业的故事，写成一本书，书名抢眼，再加上故事离奇，让你相信成功一定是这样一条绚丽多彩的路。你买去读了，然后你就相信了，不知不觉中，你就被领到了一条"走向成功"的斜路上去。

事实上，成功者的真实经历并不那么精彩，甚至还可能不可告人，而你是永远不会知道的。演讲者唯一成功的地方就是成功地忽悠到了你，赚到了稿费和演讲费。就像大家说的那样："他要知道怎么赚钱，还用得着在这儿讲课吗？他自己早就去干了！"这句话是非常符合逻辑并且很有道理的。

"一个人可以被消灭，但是不能被打败"，这是海明威的名言。他用这样一种心态来对待失败，把成功者看成是侥幸穿过失败的落网之鱼，这才使得《老人与海》成为描写勇者如何面对失败的传世之作。

　　我看到过的最动人的失败，是在里约奥运会上，中国和塞尔维亚女排的那一场决赛。当中国女排拿到冠军的那一刻，全场观众的目光都集中在女排健儿们那一张张生动的脸上，人们欢呼跳跃，总教练郎平就像她当年的教练袁伟民一样，平静而又礼貌地向大家招手。当镜头转向塞尔维亚女排姑娘们的时候，我看到她们也拥抱在一起，嘴里喃喃地在说着什么，她们的脸上也是泪水和汗水交织在一起。虽然听不到她们说话的声音，但她们的脸上却没有一丝失败带来的气馁和沮丧。

　　反倒是塞尔维亚的总教练，显得垂头丧气。从比赛开始到结束，他一直阴沉着脸，嘴里嚼着口香糖，总是露着一种抱怨和指责的神情，对着台上拼搏的姑娘们大声吼叫。这支队伍是第一次跻身奥运会的决赛，虽然没拿到冠军，但姑娘们尽力了。比赛结束时，这位教练竟然没有走上去跟这些姑娘们拥抱，而是不知不觉地在镜头上消失了。

　　输不起的失败，才是真正的失败。

　　"屡战屡败，屡败屡战。"这是大清中兴之臣曾国藩对待失败的态度。我们可能会无数次遭遇失败，但在无数次失败之后，我们可能会迎来一次成功。成功，只要一次就足够了，它足以改变我们的一生。

10. 圈子的力量

创新理念：你有什么样的圈子，就有什么样的高度

　　人的一生虽然五彩斑斓，但真正支撑我们生活的不外乎这么几小个圈子：工作圈子，家庭圈子，朋友圈子。圈子搞好了，事情就顺畅了，圈子搞不好，就会按下葫芦起来瓢。我们的生活其实就是由这一个个圈子组成的；你有什么样的圈子，就会有什么样的高度和生活质量；你和什么样的人组成圈子，就会有什么样的成功与快乐。正如北京一位颇有名气的沙龙人所说："最重要的不是你在做什么事，而是你和谁在一起做。"

　　马克思这样说：人的本质是一切社会关系的总和。以前读到这句话的时候，我并不理解其中的含义。直到改革开放的今天，我们才深刻理解了到底什么叫作"社会资本"或者称为"关系资本"，而且明白了，它和金融资本、人力资本一样，都是你成功和幸福的重要因素。

　　冯仑在他的《野蛮生长》一书中这样写道："决定伟大的

力量，就是你跟谁一起做事情，所谓创造历史，就是在伟大的时刻、伟大的地点和一群伟大的人做一件庸俗的事，而平凡的人则是在平凡的时间和平凡的人说着伟大的事。"说什么并不重要，关键看是谁在说。

你的价值就是你的社会关系综合后的价值，而圈子就是你各种关系中最核心的部分。和什么样的人做朋友，有什么样的圈子，决定了你的社会地位，也决定着你的视野与未来。

如今"圈子"一词在我们生活中出现的频率越来越高了，专家称之为"社区"，学者称之为"部落"，商人称之为"圈子经济"，而金庸在他的武侠小说中把圈子称为"江湖"。不管叫什么名字，用今天一句流行的话来说，那就叫作"聚"。

调查显示，正常情况下，一个人一生中交往密切的人最多就是六十个，其中还包括了你的父母和兄弟以及有血缘关系的亲人。如果将这六十个人的能量全部发挥出来就足够你一生所用了，不需要你一天到晚在外面"忽悠"别人。表面看起来你认识很多人，但其实大多数人你都记不住，有时甚至会是过眼就忘。这种关系现在还有一个新名词，被叫作"弱关系"。在你危难的时候，能够帮你的一定是圈子里的人，而圈外的人最多表示同情，有的甚至幸灾乐祸。所以，看一个人的层次并不是看他认识多少人，而是看他的圈子里有哪些人。

创业故事：创业圈里的一朵奇葩

"碳9学社"之所以受到创业者的欢迎，就是因为它为创业者打造一个创业圈子，营造出一种接地气的创业氛围。

在"碳9"有一句流行语："来'碳9'，啥都有。"创业所需要的基本元素，创业所需要的项目、人脉、资金、思想等，都潜藏在这块创业湿地当中。它们就像地层中埋的金子、石油一样，等着你去勘探、去挖掘。

"碳9学社"的一个主要特征就是深度社交。每次学习都是围绕着一本书或者一个创业的话题展开。学员们自愿组成几个团队，把这本书或这个话题做成一个节目或是一场演讲，最后上大课时，团队之间就这本书或这个话题进行PK，最后产生冠军。

从组建团队开始，学员们就开始互相了解。在经过了选老大、定内容、辩论、拆书、个人演讲、团队演讲等一系列环节之后，各个团队内部和团队之间的学员们就已经非常熟悉了。有相当一部分学员的创业团队就是在课程中的模拟团队中找到的。

除了找到自己创业所需的各种元素外，很多人还在创业营中收获了爱情。这特像很多老电影演的那样，年轻的革命者在战火中找到了志同道合的爱人，从此携起手来，勇猛杀敌，一起扛着枪、唱着歌去建立新中国。

"碳9学社"的创始人冯新曾在一次演讲中讲过这样一段

话："今天，判断一个城市够不够好，不仅仅要看天有多蓝、空气有多新鲜、工人月薪有多高，而更多的是去考虑这个城市是不是有各种形形色色的人才、各种奇奇怪怪的圈子，是不是有一种文化氛围融在这座城市当中。"

作者感言

一个人能孤独成圣吗？金庸、古龙的武侠小说里，常常会讲到这样的故事：有人在山洞里找到一本武功秘籍，这种武功据说江湖上曾经有过，但现已绝迹，于是他忘记了时间，废寝忘食，专心修炼，后来成为天下第一。作为小说，这种情节的确很精彩，但在现实生活中，这是不可能的事情。人天生是群居动物，不管表面上看上去多么坚强、骄傲，内心中实际上有太多的黑暗和敌意。一个人如果离群索居，他也就处于黑暗中了。一个在黑暗中的人是坚持不了太久的，也许会像《嫌疑人X的献身》中的那位宅男，做出那些偏执的举动来，最后为那虚幻的爱情进了监狱。

创业者其实是很孤独的。

人是群居动物，《明年更年轻》这本书就讲道：虽然人类今天已经进入信息时代，但在漫长的进化过程中，由猴子演变成人所形成的生理结构和心理习性却一直没有什么重大变化，人类仍然需要像原始社会那样聚集在一起，仍然保留着为抵御恶劣环境和野兽攻击而群居的天性。

尽管从工业革命时代起，人类变得越来越"宅"，离群索居也不会再担心被野兽吃掉，甚至还出现了"宅人"这样的词汇。但人们发现，一个人独处太久就会得各种各样的病，抑郁症就是其中最主要的一种。所以，人们仍然需要像我们的先辈那样，早上成群结队地出去"打猎"，这就是今天的上班。如果你已经不需要上班了，那你每天至少要花一个小时的时间，走出家门，到公共空间与人进行交流。

毛泽东在他的名篇《为人民服务》中写道："我们都是来自五湖四海，为了一个共同的革命目标，走到一起来了。"革命是件大事，要聚起全国人民的力量为之奋斗，创业没有革命那么大的规模，能有十来个人在一起就够了。但不管规模大小，革命和创业有一点是共同的，那就是要"聚"起来，一个人单枪匹马地喊"我能"，实际上是万万不能的。

今天，人们已经在用一种新的眼光看待圈子，看待由圈子形成的各种平台，在圈子中创业，享受生活的快乐。

11. 又见私塾

创新理念：创业私塾日渐兴起

古代中国没有像现在这样的大学，传授知识都是在私塾中进行的。在今天的创业大潮中，几乎已经消失的私塾，又"老树发出了新芽"。

孔子说："三人行，必有我师。"孔子说的这个"师"也应该算是师傅了，古人是很重视向身边的师傅学习的。

在中国，师傅和老师虽然都被称为"师"，实际上却是不一样的。老师教你的大都是课本上的显性知识，不是在黑板上写，就是用 PPT 在屏幕上演示出来，总之都是"言传"。而师傅则不同，他除了教你显性知识之外，还要教你许多看不见摸不着的隐性知识。师傅除了"言传"还有"身教"。

学生和徒弟的概念也不一样。现在教育体制下培养出来的学生只是教育工厂里生产出来的"产品"，只要考试合格，你就能毕业。老师和学生之间的关系很松散，甚至是相互敷衍，所以在大学里，学生看不起老师的现象很普遍。但学生迫于老师手里有学分这样一把尚方宝剑，为了能顺利毕业，又不得不去听课以对付考试。在这种心态主导下，师生之间最终形成了一种博弈，甚至是欺骗，如此一来，让学生心生敬佩的老师更是越来越少了。

徒弟则不同了，他要心甘情愿地拜师学艺。以前拜师学艺的仪式是很隆重的，徒弟要对师傅行大礼，除了敬酒敬茶、三拜九叩之外，还要念一些类似今天的誓言一样的东西，使得徒弟和师傅之间建立起一种心灵上的契约，其庄严程度非同一般。徒弟一开始对师傅就有一种臣服的心态，也只有在崇拜和臣服的状态下，才能学到真东西。这样的状态、心境和今天的学校教育是完全不一样的。

三年学徒期间，师傅一开始是不教徒弟太多专业知识的，而是让徒弟做一些日常琐事，干一些零碎活儿，甚至是每天给师傅打洗脚水。但正是在这样一些不起眼的事情中，徒弟的身心都得到全面教养，师傅也在潜移默化中教会了徒弟做人的道理，简单的师生关系就变成了兼有友情和亲情的家庭关系。师傅有时甚至会把自己的女儿许给徒弟，所谓"一日为师，终身为父"大概就是这样来的。

为了使自己成为名副其实的师傅，在带徒弟的过程当中，师傅也要不断提升自己的能力，这样才能为人师表，也才能"镇"得住徒弟。有的师傅甚至都不肯将自己的绝技教给徒弟，害怕"教会了徒弟饿死了师傅"，而徒弟也常常要偷师学艺。伟大的恋爱都是相互奔向对方，好的师徒关系也是一样。

瑞士的手表行业和日本的丰田汽车公司还实行着严格的师徒制度。瑞士被称为"手表的王国",我去瑞士参观时,看到他们几乎家家户户都在做手表,常常是一个师傅带着几个徒弟在一个小作坊里做一个手表零件,一做就是几十年。师傅带徒弟,徒弟又带徒弟,于是就有了徒子徒孙之说。在瑞士,直到今天,你还能看到这种原生态的师徒传承制度。知识和技能就这样一代代地传承下来的,瑞士的手表就是在这样传承有序的氛围之下风靡世界的。

中国乒乓球队是国内少有的还保持着"师徒制"的地方,师傅只是换了个名称,叫作教练或是指导。虽然名称变了,但授业方法却和百年前别无二样。一个师傅带着两三个徒弟,每天摸爬滚打都在一起,对于运动员的心理、技术、状态,"师傅"都了如指掌。师傅是徒弟的信心来源。每逢重大比赛的时候,运动员身后总会坐着这位师傅。比赛的局面实际是由他来掌控的:排兵布阵,战术布置,比赛节奏,看起来是运动员在球台上打,实际上,场外的这个师傅才是真正的中心。

创业故事:创业"新私塾"的"隐形师傅"

在创业的这片生态林中,在中国延续了几千年之久而现已几乎绝迹的私塾,又开始复兴了。其中吴伯凡老师创办的私塾,可以说是京城最有影响的私塾了。他每次收徒不多,也不像商学院那样以混圈子为主要目的，而是从读经典、读原著开始，然后由吴老师为大家讲解。

因为这个私塾的范围很小，而且比较私密，所以知道的人很少。但许多名人、大咖都会到这里拜师学艺，学制一般为一年。这是真的能学点本事的地方，不像有的人，去商学院上了一学期课，回来反而不会做生意了。净说些似懂非懂的话，搞得公司每况愈下，自己还觉得员工素质不够高，不惜花重金让员工去商学院进修学习，以提高自身素质。这样一来，公司就更乱套了。

培根说过：我们所有学过有用的知识都是自学的。

"碳9学社"可以称得上创业大潮中的"私塾升级版"。说它是"私塾升级版"，是因为千百年来的私塾都是师傅带徒弟，而"碳9学社"主张的却是"去老师化"。私塾里唯一的老师，即被学员们戏称为"觉主"的冯新老师，也只是给学员们提供一套实实在在的学习方法，而学员们在学习过程中，会主动向他们自己塑造出来的"隐形师傅"——氛围——学习。

学习就像在斜坡上滚雪球。这个"隐形师傅"设计了一个斜坡，又作为第一推动者放上去一个很小的雪球，雪球凭着自身的力量在斜坡上越滚越大，而它只负责在雪球跑偏的时候，将其引导回原来的地方。正如巴菲特所说的那样，只要雪够厚，斜坡够长，这个雪球自己就会越滚越大。

创业培训还没有形成固定的学科和专业的课程，当然就不会有那种大学教授一样的"创业导师"了。在"碳9学社"，大家就只能是互为老师、抱团取暖了：你有经验的话，就来说一说，他有体会的话，就拿来讲一讲。在这种互相学习和鼓励分享的氛围中，一位"隐形师傅"悄然形成了。这点尤其不像传统教育。不管什么人，只要站在老师那个位置上，哪怕再蠢他也是老师。

"碳9学社"最大的创新之处就在于：大家在看似乱糟糟的碰撞中和高频次的观念交流中，塑造出了一个共同认可的"隐形师傅"。而这个"师傅"离我们很近，每个人都能在这位并不真的存在但又无处不在的"师傅"身上看到自己的影子，学到的创业知识也是既新鲜又接地气。

作者感言

凯文·凯利曾经提出一个概念叫作"超级有机体"，说的是一个个的个体汇聚到一起的时候，个体就变成这个无形的超级有机体的一个器官或者一个零件。它不再是一个独立的个体，而是在不知不觉中成了整体的一部分。

水是由氢元素和氧元素组成的，但是你在水里头既看不到氢，也看不到氧。它的化学性质是水的性质，而不是单独的氢和氧的化学性质。

婚姻也一样，当男人和女人这两个角色聚到一起的时候，就会出现一种双方都没有意识到的"隐形第三者"。这是一种超越两个人之上的力量，正是这个"第三者"，掌控着两个人的语言和行为。

这个"第三者"，会引领两个不同的个体组成婚姻关系，使得这个有机体的质量远远高于个体的质量。但有时也会走向反面，如果两个素质很高的人结成婚姻关系，这个新的有机体会变得质量很差。两个人只要在一起就觉得不对劲，但又不清楚到底哪里出了问题，这样的婚姻必然会走向失败。

如果我们意识不到这样一个"隐形第三者"的存在，并服从它的领导，就会导致单个自我的不断膨胀，要求自我的权力范围无限制扩大，结果必然影响到对方。

创业者经常是在一种"前边没有岸，后边远离了岸"的状态下探索前行的。前方的路到底在哪，谁也不知道，这就像当年哥伦布面对茫茫大海感到茫然一样。一切都在摸索之中，引领我们的就是我们心中的那个"隐形的第三者"。所以，这个时候如果有人标榜自己是创业导师，那这个老师的来历和目的就要被真正的创业者打上一个大大的问号了。

12. 我们总要信点什么

创新理念：信什么不重要，关键是我们总得信点什么

著名的社会学家马克斯·韦伯曾经说过这样一段名言：人的本质是什么？是悬挂在自己编织的意义之网上的动物。我们所有的财富除了满足最基本的衣食住行外，其他的财富都是由意义创造出来的。

比如说钻石，本质上就是一种石头，被开采出来之后，商人就编出了一个又一个故事，把它说成是永恒爱情的化身，鼓吹"结婚的时候要有这么一个东西以示幸福和吉祥"，于是钻石的价值就发生了天翻地覆的变化。

最典型的就是货币了，那就是一张纸，本身没什么价值。自从网上银行普及以后，货币连纸都不是了，就是手机上的一串数字。但当人们赋予它非凡的价值之后，这种本身没有任何价值的东西，便成为人们拼命追逐的对象，甚至很多人为了它把命都丢了。

许多东西有没有价值，并不取决于东西本身，而是取决于

人们对它的认知。

商业的本质归纳起来就是一句话：创造认知，便是创造价值。

所以说信仰很重要。古人常说"信则灵"，可见信能通神，能激发出难以置信的力量。

创业故事：创业者的公益精神

范炜是"碳9学社"的学员中颇有名气的网红，这种特质使得他在创业营学习期间尤其引人瞩目。他时常有意无意地做出一些举动，能够巧妙地吸引大家的眼球。

记得有一次上创业课，著名的创业导师李善友教授担任主讲。几千人的大礼堂座无虚席，范炜坐在第二排。下午上课时，他听着听着就睡着了，事情就这么巧，他这一睡引起了李老师的注意。在几千双眼睛的注视下，李教授走到了范炜旁边，周围的同学赶忙捅醒了他，他迷迷糊糊地睁眼一看，发现全场的人都在看着自己。如果是别人碰到了这种场面，一定会很尴尬或不好意思，但范炜反应极快，他"嗖"的一下站起来，张开双臂就去拥抱李教授，引得全场一片笑声。这还不算，他当晚就在网上写了一篇文章《大白天我被李善友教授睡了》，在网上疯传。因为这次小小的"危机公关"，大伙儿都记住了他。

能吸引别人眼球，还让别人不反感，这在"注意力经济"

的时代，是一种重要的素质和技能。

范炜现在在北京大学光华管理学院攻读 EMBA，此前他曾在媒体行业干过八年。他先是在《三晋都市报》当广告部主任，后又去《生活晨报》等媒体当记者、社长助理，其间多次获得山西省新闻奖。

顺着这条半官半文的道路走下去，依他的能力和才气，混个总编、社长之类的职位应该是很有可能的，可他那种不安分的性格，使他注定不会在体制内的椅子上坐太久。

2013 年，范炜开始自己创业。

凭借在媒体行业习得的经验和技能，范炜的创业不像那些刚刚创业的小蓓蕾一样跌跌撞撞、坎坎坷坷，而是飞起一脚踢在了罗锅的腰眼上，一下子把个罗锅给踢直了。

他创办了一系列自媒体品牌：网络时评节目《范炜说新闻》总播放数高达 1187 万；《屌丝天使团》系列幽默短剧、《就说高科技》的科技评论、"范炜深度名人访谈"等，粉丝多达上百万；他的个人微博，曾被新浪微博官方评为"2013 年十大热门时评人"第十名。

这批创业者和第一次创业潮的"92 派"大叔们有一个很大的不同：那代人是先赚了钱，再去做公益，今天这批年轻的创业者中，很多人在创业初期就很热心公益；而且大都不是为了作秀，更不是把公益当作广告和生意，而是把它当作是自己的一种快乐和追求。

时代在进步。

范炜在当记者时就积极参与各项公益事业：他于 2011 年联合腾讯网，发起"衣加衣温暖行动"大型慈善活动，募捐各类衣物 200 万件送到贫困山区；后来又策划发起了"廖丹刻章救妻事件""救助西单奶奶"等公益事件，也都在网络上火爆一时；2015 年初，范炜启动母婴电商项目"成长天使网"，网站上线的同时，范炜和他的创业团队发起了以"寻 1000 个宝宝，捐 1000 万奶粉"为主题的"天使爱婴行动"大型公益活动，其中的"救助无肛男婴小恩泽"事件，曾被北京电视台等国内数百家媒体进行关注与报道。

"你这么热心公益，真的是'洒向人间都是爱'，还是把公益当作宣传手段啊？"在采访范炜时，我正正经经地问过他。

"现在确实有很多人把公益当作宣传手段和生意在做，你要说一点功利心都没有，就是一个活雷锋，我好像也没有这么'高大上'。在我们创业困难的时候，很多人帮过我们，我们才能有今天的成功。我愿意把这种爱传递下去，依照内心的良知与责任去做事，这样才会保持真我本色。用今天一句比较时尚的话就是：不忘初心，方得始终。"

范炜平常说话总是嘻嘻哈哈没个正经，但他跟我说这番话的时候，却是严肃而认真的，目光中透出平常不大能见到的真诚。

毛主席在他的名篇《纪念白求恩》曾经这样说过："只要有这点精神，就是一个高尚的人，一个纯粹的人，一个有道德的人，一个脱离了低级趣味的人，一个有益于人民的人。"

作者感言

我在撰写《黄昏亮起一盏灯》这本书的时候，曾数次采访中国金融博物馆的理事长王巍先生。我问他："一个著名的博物馆短则几十年，长则数百年，它靠什么得以延续呢？"王巍回答了我四个字：收藏理念。

人类的信仰就是建立在理念基础之上，人类正是靠着信念，才组织起了大规模的合作。这是地球上其他任何动物都不具备的能力，可见理念和信仰的力量有多伟大。

台湾文化教父詹宏志先生来北京演讲的时候，他说有一次和《大英百科全书》的总编聊天，他问这位总编："《大英百科全书》为什么会成为一本伟大的图书？"这位总编回答说："因为条目而伟大。"

人这种动物，就是因为拥有伟大的理念，才从千百万种动物中脱颖而出，成了地球的主宰。

从中国金融博物馆的理事长到《大英百科全书》的总编，他们都是将理念固化到了一种物理形态之中。但当这个新时代到来的时候，许多新的理念进入我们的脑海，考验着我们的视野与认知。是该跟着这辆时代之车向前走，还是努力保留着从过去的时代流传下来的那些文化符号呢？该如何选择，只能依靠你的理念来做判断了。

2015年的春节，我去了一趟印度。印度是一个多神论的国家，他们的神灵多得让人目不暇接，太阳神、月亮神、石头神，还有其他许许多多的神，都是人们膜拜的对象。印度的寺庙也很多，每座寺庙里所供奉的神几乎都和别的寺庙不一样，而且虔诚的信徒们只关心和膜拜自己信的这个神，对于其他寺庙里的神像则漠然视之。我曾经问过一个印度朋友"印度大概有多少尊神"，他回答我说："没有精确的统计，估计应该有三千万到七千万尊吧，大家各信各的，互不鄙视，只有一点是共同的，他们都很虔诚。"

我们以前在关于理想和信念上有一个误区：我们在相信自己的信仰是正确的同时，总要攻击别人的信仰是错的，经常会为证明自己信仰的正确而攻击别人，甚至打得你死我活。

千万不要小瞧理念和信仰的力量。它始终影响着我们的昨天、今天和明天。有位哲人说过：你信什么不是最重要的，重要的是你真正相信什么。

创新、创业就像是在茫茫的夜海中行船，前边没有岸，后边又远离了岸，能够支撑我们向前走的唯一力量，就是你所拥有的信念和理想。

13. 维度决定胜败

创新理念：你在什么维度，你也就在什么高度

人和动物的所有感官不仅仅是用来认知世界的，最重要的是能让自己安全地生存下去。

所以，每一个物种所具有的感知能力，实际上都有着其巨大的缺陷，但是我们自己却无从知道这些缺陷。用吴伯凡老师的话说就是，我们对我们的盲目是瞎眼的。

比如说，蚂蚁只能感觉到两个维度，你让它在一张纸上爬，它会从纸的这一面翻到那一面，不停地爬。在它的世界里，它需要不断地前行。它所认知的世界是无比广阔的，但事实上，它只不过是一直在一张纸上转圈。

如果一个人不小心踩上一群蚂蚁，很多蚂蚁瞬间就被踩死了。假如它们有宗教，它们一定会对这个不可理解的外部世界有一种想象，觉得这个世界其实还存在着另外一种它们完全不知道的，但是实实在在能感受到的巨大力量，它一旦降临，整个世界就会坍塌。

其实我们人也一样，我们也只是生活在一个三维空间里面。但人和蚂蚁不同的是，我们感知的维度虽然有限，但我们的内心却是多维度的。人和人之间在智商和情商上不会出现特别大的差距，而最大的差距就是思想维度的差别了，那是会出现天壤之别的。

所以我们人类要心存敬畏，要知道仰望星空。

创业故事：博士创业的"高维打击"

"碳9学社"是一个高学历人士的创业营，除了本科、硕士、海归以外，有博士学位和教授头衔的就有十几个。"熊二博士"是创业营中大伙儿最熟悉的一位博士。

他的真名不叫"熊二"，起这个名字据说是为了迎合互联网思维，让大家更容易记住。这一招果然灵，大家都记住了这个"熊二博士"，他的真名反而渐渐被人们淡忘了。

如今博士太多了，人们对博士的那种敬佩之情也似乎淡了许多，但"熊二博士"可是一个货真价实的博士。他在新加坡南洋理工大学攻读博士期间，在 IEEE Transactions 上发表了五篇论文。能在这种刊物上发表论文的人，就像上了《时代》杂志的封面一样，是一种很大的荣誉。

除了学术成就外，博士还有着十多年计算机视觉相关的算法研究和开发经验。用班里同学的话说，博士不是那种只知道发表论文的书呆子，他可是"文武双全"嘞。

凭着这身功夫，博士自然不甘心在体制内谋个一官半职，朝九晚五地混日子。他义无反顾地投身到了创业大潮中。

他首先创办了"摩博科技"，既是创始人，又是CTO。跟着又创办了"魔学院"，自己当上了院长。

博士创办的"魔学院"，在企业培训SaaS领域，被行业人士评价为"将会带来腥风血雨的变革"。这话听着挺吓人，好像要跟谁玩儿命似的。其实，这是指博士的九元价格策略。向客户收取这么少的费用，同行无论如何做不到，但博士的"魔学院"却可以做到。物美价廉的产品让企业SaaS采购由原来需要层层审批，变为业务部门可直接采购。这也使得中小企业能够方便地用上移动学习平台，进而打造学习型组织。低收费的方式能够快速吸引大量的客户，也有助于筛选出最忠实的那批客户。要知道，最终沉淀下来的忠实客户，一定会在学习平台上花费更多的时间和精力。

"你的创业项目进行得顺风顺水，干吗还要到'碳9学社'来主动找虐呢？"在采访时我问他。

"我是一个典型的工科思维的人，懂得如何去扎扎实实做产品，但商业意识和市场敏感度明显不够，搞不好就会闭门造车，使自己的视野变得很窄。'碳9学社'作为一个有着全新理念的创业湿地，能够赋予我足够宽广的见识与格局，所以我就自己找上门来了。"博士如是说。

"在学习过程中，我不仅对商业模式有了新的认识，也把

'碳9'的'输带化'的学习理念，融入到了产品研发中去，在行业中首先推出了 UGC 课程。这一课程可以让企业员工在移动端制作微课，很好地把'输出强制带动吸收内化'的方法移植到企业的学习中，效果很好。"到底是博士，说话总是一针见血。

"你的'魔学院'下一步发展方向是什么呢？"我问他。

"现在还是先把'用互联网模式为企业培训助力'这件事做得更好更精致一些，下一步准备向机器视觉、人工智能方向发力，应用魔学院将进行深度创新。""熊二博士"说。

著名的科幻小说《三体》中有一个概念叫作"降维打击"，意思是科技高度发达的生物体，去打击那些科技落后的生物体时，往往如快刀削泥，使后者没有还手的余地。如今创业也是一样，许多创业者有热情、有资金，但是他的产品维度不够，就像诺基亚的按键式手机和苹果手机相比，少了一个维度一样。也许你没做错什么，但是你失败了。

博士的"魔学院""摩博科技"维度够高，但是能不能取得最后的胜利，或许还要靠那么一点点运气……

作者感言

我们自以为看到了全部的世界，却浑然不知自己其实一直陷于宽广的牢笼里，没有能力去越狱。我们要学会从空间、时间中抽离出来，认清自己当下所处的这个位置。你的视野越宽阔，你就越是一个高维度的人。从高维攻击低维时，就像人踩死一只蚂蚁，就像美军打伊拉克一样，那不是战争，那是屠杀。

有一次，我在一座庙里遇到一位方丈，他对我说："霾自古就有，不然这个字怎么来的？这绝不是在过度的工业生产造成空气污染之后，人们才造出这个字来的。"他告诉我佛经里头有过关于霾的记载：人心变坏了，就会出现霾。这种解释乍一听似乎有点荒诞，但仔细一想，或许佛经上的解释是一种更高维度的解释，只是我们还不知道罢了。

所以，我们创业者在创业的时候，一定要注意到自己的创业维度，别做那个忙忙碌碌的蚂蚁，力争做一个内心里有着多维度的创业人。

14. 当我说你是一个商人的时候，我是在由衷地赞美你

创新理念：我们从哪里来，我们要到哪里去

"金融大鳄"索罗斯有过这样一句话：商业思维是一种非常优秀的思维，渗透到社会的各个领域，包括艺术与性。

日本著名女作家盐野七生在她的《海都物语》里有过这样的说法：立国可能有两种方式，以相信人类良知而立国的佛罗伦萨，在 1530 年就灭亡了；而以不相信人类良知来立国的威尼斯商人，此后又存在了大约三百年。

商人是个什么物种呢？首先，他们用自己的智慧，通过构建人类的协作和信任来增加财富；其次，他们用自己的智慧，以契约的方式来防范和降低风险。怎么自立，如何协作，怎么生存并保护自己，如何构建商业规则，怎么跟强势力量博弈，如何拓展自己的生存空间，这些都是商人这个阶层要考虑的真实问题。我们这一代人，毫无疑问都会被卷入商业洪流之中，不管你野心勃勃地想做颠覆商业模式的创新者，还是一个在微信公众号里推销自己的普通人，你都必须学会向现实妥协，还

要通过与现实抗争，以获得生机。用商人思维和一种信守承诺的契约精神朝前走，也许你会走得更长、更远。

所以，创业者不管走到哪都别忘了这样一个理念：我们永远是个商人。引用"碳9"创始人冯新老师在他写的《追命六问》中的一句话：我从哪里来，我要往哪里去。

创业故事：创业者最终还是一个商人

姜建峰就属于能在困境中实现"逆袭"的创业者，他独立创业后成立的第一家公司是北京信步游网络科技有限公司。初恋留给人的记忆往往是最深刻的，创业也是一样。这次创业的"初恋"给老姜留下的"爱恨情仇"，他这一辈子也忘不了。

他大学毕业以后，没有去考公务员，直接就开始创业了。先是做了一家传统的小旅行社，靠着待人诚恳和不惜力不怕苦，公司生意还就真做起来了。口袋里有了钱，胸膛自然就挺高了许多，又赶上了创业大潮汹涌澎湃，于是他就手提资金，怀揣梦想、满腔热情地杀进场了。

他这一次的创业项目是做了一个旅游尾单的交易平台，是为了让旅游者绕开层层中介直接和批发商交易。他的平台有点像阿里巴巴的淘宝网，可以让买卖双方直接交易。项目设想很好，体现着互联网精神。

有一个有意思的现象，即创业的成败与项目的好坏、创业

者的才华高低和努力程度，关系并不是那么明显和直接。即使
你具备了以上所有的要素，但就差那么一点点运气，成功也不
会来叩响你的大门。老姜的这次创业似乎并不顺利，原因可能
多种多样，最主要的就是犯了冒进主义的错误。在网站"烧"
了几百万不见成效后，他居然包下一架飞机，希望靠自营产品
赌一把，可惜运气不好，恰逢中日关系遇冷，机票没卖出去多
少，赔是肯定的了，公司也由此跌入谷底。

"公司四个月没发工资了，骨干一个都没走，现在想起来
还觉得对不起他们。"老姜说这段话的时候还挺动情。他属
于那种话不多的人，采访这样的人往往比较累。从我的角度来
说，我更愿意采访那些喜欢说话的人，刚抛出一个话题，对方
就滔滔不绝。

"我也想过出让一部分公司的股份，从而引进一些资金，
就像现在投资界所说的 A 轮、B 轮、C 轮一样。我把公司仅
剩的一点钱，全都用来请投资人吃饭了，最后一分钱资金也没
引进来。花得我这心疼。"

"你是在这种状态下来'碳 9'学习的吗？"他这段痛苦
的经历引起了我的好奇。

"是啊，我是在极其无助的情况下去'碳 9'学习的，也
是想逃避一下员工们那种无声的目光和债主的登门要账。"他
说这段话的时候，眼睛一直凝视着窗外，好像完全沉浸在那段
不堪回首的往事里。

"那'碳 9'对你熬过这段困难时期的帮助大吗？"我继

续问道。

"帮助太大了！我当时以为我是天下最不幸的创业者。可来这儿一看，我发现有的学员比我还惨，我甚至觉得自己还是幸运的。"他总是实话实说，一点儿也不装。这是他能走出低谷的一个大优点。从这以后，我所有的国内国外的旅游都由他们公司帮我安排。我再没去找过第二家，不知不觉中，老姜成了我的"旅游总代理"了。

"在'碳9'学习期间，我最深刻的体会就是：等、要、把希望放在求助外援上，是最天真的幻想了。学社里有这么多学员，几乎人人都在等待融资，可僧多粥少，怎么可能碰巧落在你头上？很多创业项目就在这种等待中休克了，再也没有活过来。"

"你的公司是怎么活过来的呢？"我有过和他类似的创业经历，很想听听他是怎么走过这"雪山草地"的。

"苦熬啊，该试的都试了，只剩下这一条路了。我把那些不切实际的花架子全部砍掉，重新回到一家旅游公司的主营业务上来。用心去做好每一个客户，给人家提供最好的服务。慢慢地，以前的客户就都回来了，紧接着，公司就开始盈利了。员工的工资也都补发了，债主们的钱也都陆陆续续还了。"他说这番话的时候眼睛没看窗外，而是一直在看着我，疲惫的眼神中透着一种喜悦。

作者感言

毛主席曾经这样说过："我们看事情必须要看它的实质，而把它的现象只看作入门的向导，一进入门就要抓住它的实质，这才是可靠的科学分析方法。"这话在今天也不过时。

创业奇才、特斯拉的创始人埃隆·马斯克提出来的"第一性原理"的主要内容，与上面的那句话意思差不多。在纷繁的事物中，我们首先要做到的是刨根问底，找到最基础的事实的本质，而不要在枝节的问题上过多纠缠，这样会致使自己迷失方向。

伟大领袖的教导和创业奇才的名言异曲同工。虽然他们所处的年代不同，说的都是一个理，那就是透过现象看本质。

搞清楚这个原理之后，我们在学习和工作中，就不会被身边浮现的现象所迷惑。搞清我们最根本的目的，然后就大步朝前走了。

15. 爱商比智商更重要

创新理念：让关爱成为一种习惯

就像世界上存在红、黄、蓝三种原色一样，成功者也有其基本的原色，爱商就是其中之一。

今天，"商"这个概念变得越来越普遍，有智商（IQ），有情商（EQ），有胆商（DQ），甚至还有性商（SQ），唯独没有爱商。马云在最近的一次演讲中提出了"爱商"的概念，英文缩写为LQ。爱商是指你对世界要有大爱之心，但又要有原则，有底线，而不是滥爱。马云说："没有爱商，哪怕你很有钱都不会得到尊重。"这话说得真好。

我们人类正因为比其他动物更懂得爱，才从亿万种动物中脱颖而出，跌跌撞撞走到今天。今天，我们富有了，但爱却比过去少了。人工智能代替人脑的日子也许不远了，但有两点是它永远无法替代的：一个是审美，一个就是爱。

让关爱成为一种习惯，也是创业者的必备素质。

创业故事：女儿，爸爸爱你

顾创伟是"碳9学社"中为数不多的经历过二十世纪九十年代第一次创业大潮的老兵。那一批创业成功的人，很多都去当"隐士"和"寓公"了，他们很少有人会和现在的90后一样，全身心投入到这次互联网创业浪潮中来。但顾创伟就是这样一位创业者，人送外号"呆哥"。

"呆哥"二十世纪九十年代初当过教师，1996年在《北京青年报》下属的小红帽公司做传媒工作。那时候的"小红帽"就像现在的京东快递员一样，为北京千家万户送报纸，然后在报纸中夹上广告。那是纸质媒体最神气的年代，"呆哥"也算是中国报业"夹报广告"的创始人了。这一干就是二十年。

如今纸媒虽然大不如前，但他二十多年的业绩在那摆着，继续干几年，然后在单位养老还是绰绰有余的。但已过不惑之年的"呆哥"心怀梦想，毅然辞职下海，和90后一起投身到"大众创业，万众创新"的时代浪潮中。

他创立的乐开花互动（北京）科技有限公司，聚焦中国"后房地产时代"与公租房产业相关的互联网。他用现在典型的"互联网＋"思维，在中国长租公寓领域开始了第二次创业。和大多数创业者一样，他的公司也经历了诸多坎坷。幸运的是，"呆哥"在"资本寒冬"中获得了种子投资和天使投资两轮融资，他的项目在重庆终于实现了"从0到1"的跨越，目前到了"从1到N"的快速发展阶段。

我向他约稿，本想让他写写从创业初期到小有成就的整个经历，他却发给我一封他在出差途中在微信上写给女儿的信，真是情真意切、爱意浓浓。这使我想起日本电影《沙器》中的那句话：不管世事如何变迁，这种父与子的宿命却是永恒的。

"呆哥"写给女儿的微信，我给它起了个名《女儿，爸爸爱你》，全文如下：

嘟嘟，我的宝贝，每次出差我的心情都很复杂。一方面希望快点到重庆，那里有我正奔着的事业，要竞的标，要处理的业务；一方便却总是依依不舍，因为离开了温暖的家，温暖的家里有柔美的你老妈，更有可爱的你——嘟娃娃。

尤其现在寒冬已至，想到阴冷的重庆，心里也紧了一下。重庆的冬天外面虽绿树荫荫，枝繁叶茂，不算太冷，一件薄羽绒服大抵就可过冬，然而重庆的屋里没有暖气，屋里温度比外面还低好几度！那是彻骨之寒，阴冷阴冷。爸爸实在受不了，就买了电暖气，烘在腿前暖暖的，否则下次回来爸爸就变成冰娃娃了。

我想说，嘟嘟，爸爸很爱你。原应该在你身边照顾着你，即使不能如妈妈般为你做饭洗衣辅导你学习，爸爸也愿意陪着你，哪怕时时偷偷隔着小窗看你几眼，也是满心欢喜……

要说起来，我出差了最想变成什么，你可能想不到。变成机器人陪你？抑或变成桌子天天让你看着？我想，如果有的选择，我愿变成暖气片，既让你一进屋就暖着你，也让你不觉得我那么显眼地给你压力。真好，我变成了暖气片，你出去上学了，我在家等着你；你一回来，你就分分钟钻进了爸爸的"大怀抱"里，我立刻暖着你，无时无刻，无微不至……虽然我默默无语，但我倍感欣慰。

嘟嘟，我的宝贝，在爸爸出差的这段时间里，要多照顾妈妈，你自己也要奋强自立，坚韧不拔！

女儿，爸爸爱你。

David

2017 年 12 月 10 日

作者感言

在我所接触的众多创业者中，有些人可能因为是独生子女，就特别的自私。他们认为自己出来创业十分光荣，天下人都得为他们买单，用一个心理学名词叫"全能型自恋"。他们一见到大咖，就想让对方给他投资，或者是帮他。即使对于关系很一般的朋友，他们也是一见面就开口找人帮忙，而且非常理直气壮。

我曾碰到过这样一个创业者。他是从南方一个小城市出来，到北京中关村创业大街创业的。父母好不容易攒下点钱，咬咬牙都给他了，他一个项目没做好，就赔了个精光。我是在一次聚会中偶然认识他的，没聊几句就要我投他的项目。我看了看他的项目，完全没有替顾客考虑，只是为了满足自己的心理需求，我婉言谢绝了。

过了几天，他又打电话向我借钱，那说话的口气，让我瞬间产生了错觉，好像是欠他的钱似的。这种自私的、没爱心的人怎么能设计出受客户欢迎的产品呢？后来，这个年轻人就杳无音信了。又过了很久，我偶尔从别人那里听到他的消息，他因经济犯罪被判刑十年六个月。

最近和一个朋友聊天，他说了这么一个观点：自恋、爱恋和进攻性是我们人生的三大主题，认清和处理好它们之间的关系，对人的一生很重要。

自恋这个词很好理解。自恋是人的天性，每个人都会自恋，但是大部分人容易过高地估计自己而低估了别人。我在这里绝对不是要批判自恋，而是要鼓励和肯定自恋，因为如果一个人连自己都不爱，怎么可能去爱别人和社会呢？

但是，应该注意的是，不要过度地自恋，过度自恋就是毛病了。你仔细看一下就会发现，我们身边这种过度自恋的人还是挺多的。比如见面聊天的时候，他只会说"我"，不会说"我们"，把自己关心的事唠唠叨叨跟你说个没完，从来不会顾及你的感受。过度自恋的人大都是失败者，因为如果你过度自恋的话，别人就不跟你玩了。只有"我"，而没有"我们"，你就很难跟别人达成交易，最后就只能是落得个孤家寡人。

爱恋指的是一个人要有爱心，这里包括了爱情、关爱和性。爱恋比恰当的自恋更难做到，因为它要求我们和自己的自私本能做斗争。许多成功的人都是在某一方面有着大爱之心的，比如乔布斯，他性格古怪，据说也很自私和自恋，但是他在做产品上却很有爱心，能够充分替用户考虑，于是有了伟大的苹果公司，他也因为爱而成就了自己。

恰当的进攻性比恰当的自恋和爱恋难度更大一些，也更不容易做好，它是指人的上进心，和那种不主动惹事、不谄媚、敢于"以牙还牙，以眼还眼"的生活态度。常言说"人善人欺，马善人骑"，人有那种虐待对自己好的人的天性。我们在生活中经常会碰到这样的人，他们会无端地攻击那些对自己好的人。你越是善良，他们越是得寸进尺。这种愚昧在我们生活中是普遍存在的，君子的风范，贵族的气质，早已被流氓文化涤荡得干干净净了。儒雅与谦和成了软弱可欺的代名词。既然君子只能活在我们心里，那我们只能脱去长衫了。

对于这种欺软怕硬的人，我们的原则应该是：你对我真诚，我就对你真诚；如果你背信弃义，我也绝不好惹。但这里有很多技巧要注意一下：当你准备反击的时候，也要核算一下成本和利润；不要把你的底线定得太低，别人一碰你，你就跳起来；没有一点宽容和忍让，是很容易吃大亏的。

16. 人性没有变

创新理念：一个优秀的男人身边，一定站立着一个伟大的女性

人性并没有变，我们至今仍然保留着远古时期流传下来的各种互动方式和习性。

《栋悟世界》栏目的主持人梁栋老师，在一期节目里说过这样一句话：今天的互联网时代有着"神"一样的技术、工业文明时代的组织形式和农业文明时代的信仰，而我们的身体和习性，很大程度上还是原始社会时代的。这话说得挺精彩。

互联网不会把我们改造成为新的人，它和电影、电视一样，只是用一种新的技术手段，把我们心中潜在的东西给激发出来了而已。

尽管如今科技的发达程度，连我们自己都感到吃惊，那可真是"坐地日行八万里，巡天遥看一千河"。但我们的身体，有许多方面还保留着原始社会的痕迹和习性。

怕老婆就是我们没有改变的习性之一。据说人类在母系社会时期，拥有过很高的文明，后来就渐渐地衰落了。

创业故事：一个怕老婆的董事长

有人说：一个伟大的男人一定是怕老婆的。蒋介石身边有宋美龄，清太宗皇太极身边有一个孝庄，就连卖房子的潘石屹身旁也站着一个才女张欣。有一次，潘石屹在演讲时，当着张欣和好多创业者的面说："小伙子们，听老婆的话没错。"

有成就的男人大都在外面闯荡，横枪跃马地治国平天下去了，累得筋疲力尽之后回到家，跟老婆说说心里话，也算是一种放松和解压。反倒是那些混得一塌糊涂的人，在单位受了气，回来喝点酒，就开始拿老婆撒气，找找存在感，显示自己的威严。

创业者身边如果有个好老婆，那他成功的概率就会高很多，所以现在有"企业新娘"之说，甚至逐渐形成了一个独立的行业。"碳9学社"的解晓阳同学就是这样一个"怕老婆"的创业者，连他公司的名字都叫"北京金方时代有限责任公司"，因为他太太叫赵金芳，从2008年开始和他一起创业，做网络设计，到今年正好风雨十年。

"开始创业顺风顺水，公司发展得快啊，从良乡创业开始，没多久公司业务就做起来了。很快进了京城，没多久又在上海开了分公司，我太太当时就提醒我是不是发展太快了。我当时'帝王梦'做得正酣，前呼后拥的，哪里听得进去啊！谁知没多久，扩张太快的弊端就显露出来了："'办公室政治'愈演愈烈，小山头、小派系互相排挤，最后都是公司受损失。在这种情况下，分裂也是在所难免，我只好从上海分公司退出来了。"晓阳是河北邢台人，说话时还带着乡音，笑起来憨憨的。

"从那张硕大的老板椅上掉下来，摔得我屁股好疼。很多员工都离开了，有几个关系最好的创业伙伴也来和我告别，我那时候难受极了。真正把我扶起来，帮弹掉身上的泥土，和我一起并肩朝前走的，不是当初一起创业时海誓山盟的哥们儿，而是经常受我气的太太赵金芳。"晓阳说话本来很快，这会儿却是说说停停，思绪在他脑际飘荡。

"她是那种平时看起来很腼腆，在场面上不和男人去抢戏的女人，可一旦到了紧要关头，她的那种坚定和勇气，让我打心眼儿里敬佩：这还是平常那个对我百依百顺的老婆吗？她出来做了公司的法人，从后台走到了前线，大刀阔斧地对公司进行改组，缩小公司规模。有些业务砍得连我都心疼，可不这样活不下去啊。"晓阳说。

"慢慢地，公司这种断崖式的业绩下跌终于止住了，又苦苦支撑了很久，公司业绩逐渐有了起色。有一次发工资，账上的钱不够了，我又是一个好面子的人，不愿意亏待大家，能借的地方都借了，还差三十多万。我回家跟她说起这件事，她沉吟了一下，笑着对我说'你这个大男人，几年都不往家拿一分钱了'，一边说着，一边打开柜子，从里边拿出了一张死期的存折给我。我知道那是她最后一点私房钱，那还是她嫁给我的时候，她父母给她的……"说到这儿，晓阳的声音有点哽咽了，他赶忙低下头，装着端起茶杯喝水，我把一张餐巾纸递给了他。

"现在公司早已走出了低谷，我也重新找回了做老板的感觉。别人常说，优秀的女人像在放风筝，男人这个风筝飘得再高，线的另一头还是在老婆手里攥着。这话我信。今年是我们创业十周年，也是结婚十周年，我瞒着老婆把这段经历说出来，就是想等这本书出来以后，我当作结婚十周年的礼物送给她。这话我平常不好意思对她说，男人嘛，爷们儿，都有一种倔强的虚荣心。"看着晓阳说这番话时那略带羞涩的憨态，我心里热热的。

作者感言

男人相信逻辑，女人相信直觉，这似乎成了公理，而公理是不需要证明的。

有人说，互联网时代是女性思维占上风的时代，互联网思维更注重"非线性""云状态"。这似乎更符合女性的特点。

还有人说我们现在是一个"较智"而不是"较力"的年代。在农业文明和工业文明的早期，基本上属于力量型社会，那时人们心目中的英雄都是像项羽、张飞那样的大力士，人们推崇的是"力拔山兮气盖世""男子汉大丈夫顶天立地"。

但在今天，人们心目中的英雄都是马云这样的人：大脑袋，小身子，手无缚鸡之力，走路都轻飘飘、摇摇晃晃。

在智商上，女人不比男人差，而她们的直觉思维，更靠近互联网的特点，所以女性在各个领域开始全面崛起。有人说互联网时代的开启，会使人类出现第二次母系社会。这虽然是一种预测，但阴盛阳衰的现实，也会让你觉得这种预测绝非空穴来风。

有位哲人说："你能看到多远的过去，就能看到多远的未来。"这话说得真好。

中篇

颠覆与微出轨

17. 微创新，旧瓶装新酒

创新理念："微创新"与"伪创新"只有一字之差，却是天壤之别

罗振宇老师曾经讲过这么个故事：他的朋友投资做了一款可以当音箱用的智能灯泡，据说采用了非常先进的技术，但就是卖不好。他这个朋友后来反思说："在用户的认知中，灯泡就是一种会默默发光的东西，而一个会发出声音的灯泡就显得太奇怪了。如果这个产品反过来做，做个能当灯用的智能音箱，技术上是一样的，但是在用户的认知里，这却是个有很多附加功能的音箱，是个高科技产品。"

不要卖给用户一个他对此毫无认知的东西。用户的认知是最稀缺的资源，不管你的东西有多新，一定要把它装扮成一个旧的东西才能推销出去。

我们总是提倡"颠覆式创新"，而彼得·蒂尔写的《从0到1》这本书也风靡了中国。但是在现实中，旧瓶装新酒式的"微创新"反而更容易成功，因为人们的旧观念是很难改变的。

商战不同于战争，战争的胜利方可以用刺刀逼着人们改掉旧习惯，比如满清入关后强迫汉人留辫子。即使是这么一个简单的事，也用了很长的时间，杀了好多人才推行下去的。而商战肯定不能这么做，因为市场的主动权不在你手里，而在用户手里。

现在很流行所谓"颠覆式创新""革命性变化"，好像不砰的一声惊雷弄出一个全新的东西来，就不叫创新，这种创新稍不留神就会成为"伪创新"。其实，现实中的成功，大部分都是由这种"旧瓶装新酒"式的微创新带来的。"微创新"和"伪创新"虽然只差一个字，却有着天壤之别。

创业故事：中医的微创新

宋阳是"碳 9 学社"中第一个把中医和互联网结合起来的创业者。因为他的创业项目太奇特，所以大伙儿都记住了他。

采访宋阳，话题自然也是从他搞的"智能中医"开始。

"中医的历史，比西医可要长多了。从希波克拉底誓言揭开西医的序幕算起，至今也不过两千多年的历史，这大致相当于中国历史上从孔子时代到如今。而中医则久远得几乎不知道源头在哪里。可如今，中医在西医面前，显得那样无力和苍白。即使是在三甲医院，中医也只能勉强算是一个小科室。而那些中医大夫呢，也早已经西化了。"看来宋阳很是热爱自己的项目，说起来就滔滔不绝。遇到这样的采访对象，我就高兴。

宋阳 1986 年出生于内蒙古，在大学读的是金融专业，那时他心里边就有了创业的想法。由于相信了"金融不能创造价值"的怪论，他对自己的专业并没有好感。

"大学毕业之后，我分别在路桥房地产公司、公益机构、公募基金以及商业银行工作了七年时间，工作越是顺利，创业的激情就越是汹涌。终于有一天，我忍不住了，和几个伙伴相约在 2014 年开始创业。歃血为盟、剑指苍天，那真是豪情万丈。"说到第一次创业时的热情，宋阳还是显得有些激动。

"'智能中医'是我的第一个创业项目，算是'初恋'吧。我始终觉得，中医在医道上要远高于西医，它是能治未病的。把中医和互联网嫁接起来，会产生一种全新的东西，能使中医得到复兴。"初次创业的人总是心比天高，会遭到别人的嘲笑。但是在这个飞速发展的时代，人们的认知往往会落到后边，许多创业者真的就把近乎荒诞的梦想变成了现实，让人惊愕不已。

"我们的'智能中医'，用现在比较流行的词语来说，是一个 S2B2C 项目，即从供应链到渠道，再到用户，在商业模式上也能形成闭环，这个创意是很新颖的。我们的合伙人当时都不拿一分钱工资，每天工作十几个小时，办公室经常是彻夜通明。我们这帮人好像忘记了周围的一切，全身心地投入进去。那是我第一次体会到，什么叫作忘我和专心致志。"宋阳属于那种很善于表达的人，他这样绘声绘色地讲述自己的创业经历，让我这个创业老兵心生感动。

"后来这个项目怎么样了？我采访的'碳9'学员中，把互联网和中医结合起来的，你算得上是第一人了。"我曾经给人民医院的院长写过一本回忆录，我对医学史和医学哲学的兴趣，就是从那时候开始的。

"因为初创团队只是对中医感兴趣，对互联网兴趣不大，理解也不深，我们的资源、能力和这个项目有些匹配不上。虽然大家非常努力，但是仍然摆脱不掉创业的先天不足，项目进行了一年多就撑不下去了。终于在2016年年中，大家把项目收尾和清盘，然后挥泪告别，并相约在创业路上我们永远是好兄弟。"宋阳这么一说，我多少觉得有点儿可惜。

"第一个创业项目夭折是很正常的事儿，你也不用太动情。"看到宋阳说得有点儿伤感，我试图安慰他。

"我始终认为，这个项目的方向没有错，问题就出在操作上。这个项目还处于创业初期，产品、渠道、商业模式、盈利模式等都还没有定型。想在一年之内做成一件大事很难，但是如果用十年的时间来做一件事情，鲜有不成功的。"宋阳并没有因为这个项目的夭折而灰心丧气，他心里还是放不下"中医的复兴"这件大事情。

作者感言

2015年，我去以色列参加了一次创新研讨会。那次活动人不多，但组织得还挺正式，有主持人，有主讲人，等等。最让我感到新奇的是，会场还设置了另外一个职位，既不是主持人，也不是主讲嘉宾，更不是一般普通听众，在整个过程中却起着串联主持人、主讲人和观众的作用，引导着大家把讨论的注意力集中在研讨主题上。

如果会场的氛围非常好，那么这个人基本不作声，只是坐在一旁，用目光鼓励着在场的每一位发言人。如果嘉宾的讲话跑题了或收不住了，或是由于紧张讲得很混乱，他就会进行引导和鼓励，很像乒乓球比赛中坐在挡板外面的教练。

我问旁边的朋友这个角色叫什么，他回答说叫"促动师"。

第一次听到这个新名词，我并没有太明白什么意思。讨论结束后，促动师对每个人的发言进行了点评，真是字字珠玑、一针见血，每句话都触碰到了问题的实质，而且基本上是表扬多、批评少。从大家对他说话的尊重程度看，我觉得他应该是一个很重要的角色。

其实，这种促动师相当于乐队里的指挥，他的主要职能就是负责创业的节奏、人的创新节奏、团队的创新节奏、项目的创新节奏。这样的角色一般都是由有企业家素质的学者，或者有学者思维的企业家来担任。

促动师这个行业，不是今天的以色列才有，中国几千年前就有了，那就是我们常说的"师爷"。项羽身边的范增，刘邦身边的张良，这都是名垂千古的"大师爷"。封建社会消亡了，师爷却没有绝迹，他们在创业大潮中换了一个新名字，叫作"促动师"。有人觉得这是个全新的行业，其实不是，它也不过是旧瓶装新酒的"微创新"。

用户的认知是最稀缺的资源。所以我们现在再搞什么"颠覆式创新"的时候，要尽量和用户已有的认知联系起来，这样才可能离成功更近一点。

18. 怨妇情结与皇帝的新装

创新理念：怨妇情结

在创业者中，常常会看到一种"怨妇情结"：一见到人就开始抱怨，抱怨北京的房价高，抱怨自己没有好爸爸，抱怨自己的创业项目没人投资，抱怨身为"海归"却找不到一份高薪的工作⋯⋯

其实，绝对的公平是不存在的，在任何国家，在历朝历代，从来都是有阶层的。有些人的起点比你一生奋斗的终点还高，不认命不行啊。

所谓好的社会，不过是上下阶层之间能流通的可能性，可以让底层的人有机会进入上层社会而已。

我们今天所处的社会，应该算得上是中国历史上最好的社会了。很多没有任何背景的"屌丝"走向成功，因此才有了"屌丝逆袭"这个新词。

对于那些试图在社会结构的金字塔向上攀爬的人来说，最需要的不是抱怨社会的不公平，而是努力去做自己该做的事情。

这个社会不欠我们任何东西。放弃那些一夜暴富的幻想，脚踏实地地从做好身边的事开始。只有这样，我们的生活才会更好一些，才会更有希望。

社会竞争是长期而复杂的，家庭出身、财富多寡、智商高低、学历高低、容貌长相等，都是影响竞争的变量，而成功则是多个变量互动的结果。有时候，即使以上所有的要素都具备了，还要有那么一点点的运气才行。想想这些，也许你的怨气会消除大半。

这让我不由得想起一位日本的太极高手，他有一手"隔山打牛"的功夫，不碰对手身体，用身体的"气"就将对手击倒。他非常厉害，每次对着徒弟发功时，徒弟都应声而倒。他在六十五岁的那一年，主动悬赏五千美元，跟一位三十六岁的格斗选手打了一场公开赛，结果被人家三拳两脚 KO 了，倒在拳台上。

从此之后，这位太极拳高手就从江湖隐退了，但他当初为什么非得哭着喊着要跟人打这场比赛呢？他难道不知道自己那招"隔山打牛"是假的吗？合理的解释是，他可能真不知道。因为他平时一发功，学生就倒下好几个，他不知道这是学生们在配合他。几十年下来，他把自己也骗了，真的就以为自己那么厉害。

这样的"太极大师"在创业江湖里，绝不止一个。

创业故事：绝对不"装"

杭新宇是我所采访的所有"碳9"学员中活得最真实的一个创业者了，用他自己的话说就是：最讨厌"装"。

"我是二十世纪七十年代出生在西安农村的孩子，小时候家里很穷。记得有一次该交学费了，家里连五块钱都没有，妈妈要到邻居家去借，那是我第一次知道什么叫心酸。我从小放过羊、种过地、挑过粪、卖过菜……小学毕业时以全校第二名的成绩考上中学的。后来是村里当年唯一考上大学的孩子。"新宇一点不掩饰自己来自那种贫穷的家庭，这一点颇像地产大亨潘石屹。我在写《黄昏亮起一盏灯》的时候，曾采访过潘石屹。他是甘肃天水人，小时候家里穷得只有一个咸菜缸和一条土炕，挨饿更是家常便饭了。也正因为这样，他很早就开始了人生的创业。

"我就是这样一个农村孩子，心里头一直记着父母的话：老实做人，踏实做事。就这么一步步走过来。大学本科毕业后，从一名普通工程师做起，一直做到某上市公司高管，一干就是近十年。命运似乎也挺眷顾我，为我前三十年的人生画出了一条虽然不乏曲折，但整体上还算优美的线条。"新宇属于那种比较容易采访的创业者，一提问他就会说，而且会说得比较多。

"那怎么想起去创业呢？"这是我每次采访创业者都必问的话题。

"我一直就有创业的心结，只是上市公司的这份工作让我犹豫不定，因为辛辛苦苦做到这个职位不容易，报酬也很高。"他回答说。

"2009 年发生的两起意外，差点都让我见了马克思。一年之内两次与死亡擦肩而过，让我的人生观发生了根本的转变。我终于下定决心，告别了奋斗近十年的职业经理人生涯，开始创业。"一听他要讲故事了，我赶忙掏出笔记本，同时悄悄地把录音笔打开。

"第一次是外力引发的'血气胸'，当时不觉得很疼，还是自己开车到医院的。一检查，我竟然是肺泡破裂，右肺在胸腔里压缩得只剩下 10% 了，我被急诊医生直接送进 ICU 抢救。医生当时对我说：'如果你要再晚过来一会儿，轻则右肺被切除，重则会有生命危险。'现在虽已出院多年，但每逢刮风下雨变天的时候，还是会隐隐有些不舒服。第二次离死亡更近。我出差途中坐的大巴车在高速路上和一辆油罐车发生追尾事故。我当时坐在右边第一排，眼睁睁看着那猛烈的撞击，口中却不能发出一丝声音。巨大刺耳的断裂声之后，油罐车的尾部从我右方几厘米处擦肩而过，我被直接甩到车外，当场昏迷。等我醒过来的时候，发现自己满身满脸都是玻璃碎片、干粉灭火器的白粉，夹杂着油罐里的油污和我流出的血，哪还有个人样啊。"他带着强烈的情绪起伏，一口气把这两个故事讲完了。

"这两件事让我对人生、对生与死有了全新的认知，让我的价值观发生了重大的变化。从那时候起，我看人看事都会更直接，更关注本质。"他讲出了自己从来不装的真正原因。

"我在看早期创业项目的过程中，发现很多创业者把自己装扮得非常高大上，给自己贴上很多闪亮的标签，履历也让人艳羡不已，但后来一做深入 DD（尽职调查），就发现都是虚的。有句话说得好：'同样都是 ×，装上见高低。'其实这类人非常不自信，所以才要靠标签撑起那一点虚妄。和他们稍一接触，他们很快就会露馅，最后沦为笑柄。"他说这番话时眼中充满了严肃感，语调也提高了许多。

"深度参与'碳 9'的三年，我主要学习的就是如何打破自己的认知边界，如何识别创业者的伪装以及他们讲的'商业模式（故事）'，直达本质。这是对我影响非常大的一段经历。"杭新宇在"碳 9 学社"中从学员、队长、学委，到成为联合创始人、投资合伙人，他这么说是很真诚和真实的。

现在杭新宇是神州企橙副总裁和投资合伙人，公司估值五个亿。我想象不出在"碳 9 学社"当学委的那个年轻人，在高档写字楼里和老板桌前是什么样子，但有一点我深信不疑：他仍然不会"装"。

作者感言

创业者处在人生低谷的时候，总是四面楚歌、八面漏风。这时候，很多人就容易产生怨妇情结。很多创业者也知道怨妇情结不好，也在努力改正，但是他们的方法却是穿上"皇帝的新装"进行自我欺骗，就像老舍《茶馆》里的那几句台词：

> "我现在不抽大烟了。"
> "那敢情好，给您道喜。"
> "我改抽白面了。"

这是因为人脑把握不好"自我欺骗"的界限。就像演员一旦入了戏，自己都会被剧情所牵动。

人容易犯这样的错误：开始是骗别人，骗的时间久了，连自己都信了。而在困难的时候，自己是最容易骗自己的。

自我欺骗的人很难面对现实，拒绝做出改变。别人给你提的有效建议你都听不进去，时间长了，人家也就不跟你说真话了。所有的人都知道皇帝没穿衣服，但所有的人都不愿意点破。如果一个创业组织的内部风气沦落到这一步，除了靠自己骗自己，也就没有其他路可走了。

这种自我欺骗比怨妇情结还可怕。

"碳9学社"在设置创业课程的时候，对这两个人性的弱点下了猛药，设置了"狠拍爱"环节，并要求在辩论环节之后，选出"你认为三个最没有价值的学员"，帮助大家脱去"皇帝的新装"。许多身价过亿的企业家早已被阿谀奉承的话给惯坏了，到这里来以后，被这面镜子一照，顿现原形。而悟性高、有自我批判能力的学员，被这样一虐，反而会感觉很爽。在创业的"思想健身房"里，也要花钱买罪受。

19. 老大不再是高人一等的头衔

创新理念：谁能当老大

"碳9"创业营有一个经典的创业课程，叫作"谁想当老大"。课程的设置是：参加大课的三十个学员被分成五组，每组要选出一个组长，也就是临时的"老大"；"老大"们到台上发表竞选演说以后，都背对大伙儿站成一排；下面不想当"老大"的学员们，根据自己的观察，决定跟随哪位"老大"；追随者最多的前三位"老大"当选。有趣的是，有的"老大"竟然连一个追随者都没有，这样的"老大"会被淘汰出局，他们要在脑袋上戴上一个白布条，写上"淘汰者"三个字。

作为"92派"的创业老兵，我们身上总会留下一些时代的印记。现在，你在那些互联网时代的创业者身上也能看到这样的印记，这种印记非常鲜明。这些人认为创业就是当老板，不管自己适合不适合创业，都一股脑儿往里冲，认为只有创业才是无上光荣的事情。

这种做法是很危险的，极有可能让你惨败而归。这种思维误区再加上盲从，会把你的青春仅有的那点精力都耗光。

在这场创业大潮中，会涌现出许多老板，但更多的会涌现出许多优秀的手艺人。"当老板"不是创业的同义词，其实，还有更多的行业等待着人们去做，同时还会涌现出更多的新行业等待创业者去发现和开发。

创业故事：不创业就会死

王喻哲，男，1976 年生人，祖籍河南，今年四十一岁。我第一次在网上看到他的简历的时候，心想：四十一岁才开始创业，年龄是不是有点大了。

王总年过不惑，"碳 9 学社"的 80 后们都称他为"大哲哥"。

后来我们认识了，成了朋友。

他是我在"碳 9 学社"中接触最多，也是关注最多的同学之一。

我觉得"大哲哥"这个绰号实在名不副实。他哪像什么哥呀，在一群 80 后和 90 后中，一点也看不出老成来。不管创业有多大困难，他永远都是狂风暴雨、激情澎湃。

"我是那种不创业就会死的人。"这是大哲哥说得最多的一句话。他不仅是这么说的，也一直是这么做的。王喻哲出生在一个银行世家，从祖爷爷那辈开始就做银行。他大学毕业以后也是在银行工作，本可以子承父业，继续在钱堆里泡下去，可他却自断了传了几代的经营香火，下海创业了。

下海创业的王总，没有选择最时髦的互联网金融作为自己创业的突破点，而是选择了互联网餐饮，把传统行业和互联网嫁接，做成了个新物种。

我第一次见到王总，是在他创办的"哲哥小面"融资的介绍会上。他是项目介绍人，我记得他那次的PPT做得一般，但演讲却非常精彩，煽情但不做作，辞藻华丽，目光却很真诚，在场许多人都被他这种热情感染了。冯新老师算得上投资界的高手，他当场拍板决定投这个项目，连我这个一向钱袋子捂得很紧的"都市地主"也情不自禁地投了他。

可惜天不遂人愿，刚刚红火起来的"哲哥小面"餐厅突遇拆迁，这当然谁也挡不住，大哲哥也只能无奈地在微信朋友圈里发几张照片，吼上几声。随着见诸报端的强拆故事一天天增多，大家也见怪不怪，最后连惋惜之情都没有了。"哲哥小面"和北京无数家被拆的餐厅一样，在寒冷的北风中成为过去。

"屡败屡战"是王喻哲最大的优点。在和他的接触当中，我发现他是那种愈挫愈勇的人，"在被迫着发出最后的吼声"的时刻，反而能找到感觉。在"哲哥小面"关门倒闭之后，沉默了几个月的大哲哥又开始做起了"小辣龙方便火锅"，一期种子投资，又融到一百多万，加上自己口袋里的钱和几个朋友的参股，乒乒乓乓地又干起来了。钱虽不多，但作为种子轮投资也能抵挡一阵。

星星之火很快燎原开来，我在北京一些著名的建筑上看到了他打的广告，在超市和网上也能看到他那些颇有特色的产品，盒子上赫然写着"小辣龙方便火锅"，那几个字还是蛮抢眼的。

有一段时间没见到王总了，不知道这次更猛烈的拆迁大潮，对他那些非常醒目的大广告会不会有影响；不知道一些快递公司被迫停业，会不会对他的业务有不利的影响；在朋友圈里看到他在进行 A 轮的融资，看样子是企业做大了，钱显得不够用了，不知道他这次能不能成功；但我相信，假如这次他失败了——呸呸！有点乌鸦嘴——但我相信他还会发动更猛烈的进攻。

"不创业，我就会死。"这话由别人来说可能是作秀，但王喻哲可不是，真的不是。

作者感言

老板是一个独立的行业，不是高人一等的头衔。

美国西点军校世界闻名，那是个培养了无数将军和元帅的地方。那里诞生了三千多名将军和两位美国总统，比如格兰特、艾森豪威尔、巴顿、麦克阿瑟、布莱德利等都是从这里走出来的。也正因为如此，西点军校被称为"美国将军的摇篮"。军校里培养出来的将军，就相当于企业里的老板。

我参观过西点军校，当时接待我们的是一个教员，他一身戎装笔挺笔挺的，一看就是一个标准的军人。他有一句话让我印象深刻。他说："西点军校是培养决策者的地方，而不是培养好士兵的地方。"

我问他："将军不是一步一步从士兵升上来的吗？如果不是这样，那他会不会脱离实际，纸上谈兵呢？"他告诉我："过去的将军可能会从士兵中脱颖而出，因为那个时候的战争策略变化不大，程序也比较固定，先用大炮轰，然后步兵上。而现在的立体战、信息战、电子战日新月异，许多兵种的分工都非常细，你就算升到了将军，也只是对你这个专业比较了解，而对其他行业几乎一无所知，你怎么能指挥好一场战争呢？"

以前我们总认为当官的要比士兵"高大上"，认为老板一定是企业里最牛的人，所以打工者自然要看老板的脸色行事了。这种观点在以前确实是对的，但现在的趋势是，一方面分工不断细化，另一方面又走向综合和虚拟，执行者、组织者和决策者的分工也变得越来越明确。这当中不再有高下之分，只是专业不同罢了。

执行者要有极强的执行能力，要想方设法完成任务。能做领导手里的一把好工具，这就是一个优秀的执行者。

组织者则不同了，他不是自己干，而是组织、管理其他人一起干，所以他的长项应该是鼓励下属，放手让他们完成任务，还要处理好与上下级的关系，最终带领一个团队完成任务。

而决策者的专长是判断。决策者的思维模式和认知水平，自然是跟执行者和组织者不一样的。

你要在 A、B 两个选项之间做出取舍，而整个事情的成败，在你选择的那一刻，在冥冥之中就已经决定了。经济学称选择为"机会成本"，西点军校教官的话就是"元帅吃的是决策饭"。

在科学技术飞速发展的今天，想做好一件事情，在技术上已经很简单了。并且，专业化的人才越来越多，把许多项目外包给专业公司就可以了，而最难的就是选择与决策。

选择做一件事，方案没问题了，但是时机对不对呢？做一件事情，效果是好的，但副作用大不大呢？能不能控制得住？两件事都该做，做哪个才是真正的重点？天时、地利、人和，方方面面都要考虑进去。最后还要加上那么点直觉和运气。

决策者有一个宿命，就是他极其孤独。执行者和组织者只要执行好决策者的命令就可以了，而决策者却要独自承担决策的后果和责任。那份孤独和煎熬是没有人替他承担的。

所以说，在今天，决策不仅是一门独立的学科，也是独立的行业，绝不是打工者和普通士兵靠苦干就能熬上去的。你没有决策的天赋，却吃决策饭，即使勉强坐到了老大的位置，也是个不称职的元帅，把事情搞得一团糟，却把责任推给下属，而且还自我感觉良好。

究竟是做士兵还是做元帅，其实没有高下之分，只是行业不同罢了，士兵离不开元帅，元帅也离不开士兵。究竟做哪个，更多的是看你的天赋和机缘了。

拿破仑说：不想当元帅的士兵不是好士兵。这句话在今天听来似乎有些过时了。

20. 哪有什么干货，最多只是一盏灯

创新理念：干货思维

我写的《黄昏亮起一盏灯》一书出版以后，许多读者觉得干货还不够多，就给我留言："你近距离地听了这么多名人的演讲，还采访过他们，但你在书里只讲了很多他们鲜为人知的故事。你就告诉我怎么成功，怎么赚钱就行了，别写那么多湿乎乎的东西，我们只想要点干货。"

这种"干货思维"实际上是很害人的，那种告诉你不费力就能快速成功的所谓"干货"，在这个世界上是没有的。

在创业大潮中浮现出许多"干货导师"，他们慷慨激昂地告诉你怎么才能够快速成功、一夜暴富。而想通过创业一夜暴富的创业者们，被说得热血沸腾，穷了几辈子，这回终于有一个脱贫致富的机会了。但热血沸腾的结果就是"赔了夫人又折兵"。

这世界上真正可以被称为学问的东西，并不会给我们提供明确的方法，它在很多时候，只会起到一种提示和启迪的作用。

就像一位哲学家所说的那样：真理就像黑暗中的一盏灯，它让你看清现在的状况，避免走弯路，或者说消除了某种致命的障碍，并不能代替你走属于你自己的路。

追求有用的"干货"其实是最没用的。如果成功能够复制的话，这个世界上就不会存在失败一说了。

创业故事：创业的真实就是一种高尚

王高歌属于那种猛一看不太漂亮，但越看越动人的女人。她不太爱说话，就喜欢那么静静地坐在那里，用目光去交流。

根据我的经验，这样的人一般不太好采访。我最喜欢采访的就是那种一说起来就没完没了的人。他们虽然有时候显得很啰唆，让你找不着头绪，但只要他们不停地说，就会有亮点冒出来。就怕王高歌这种不太说话，但一句话就能说到点上的人，她让你觉得她什么都说尽了，没必要再问了。可是读者喜欢精彩的故事甚于深刻的分析啊。所以，一个合格的作者在采访别人之前，一定要把问题准备好。如果前三个问题还不能打开对方心里的大门，那这种采访基本就不会太成功了。

我那次采访高歌还算比较幸运，问到第二个问题的时候，可能就碰到她心里的那个点了。她跟我讲了许多她的创业故事，最能打动我的是她创业的原因，那是为了照顾她的父亲。

她和我讲了这么一个故事：

"那是在 2014 年的冬天，爸爸在外地出差时突发心梗。他身体一直很好的。我当时接到电话时真的难以相信，赶紧找朋友、托人帮忙，几经周折，总算住进了条件较好的宁夏医院，可是错过了第一个最佳手术期，只能再等十天才能手术。

"这十天里，爸爸一直处在危险期，能不能挺得过去，主治医生心里都没有把握。我当时真是急蒙了，好像天要塌下来一样，晚上总是忍不住偷偷流眼泪，可第二天还要装着很开心的样子去病房陪爸爸。我和爸爸的感情特别好，上次春节回家的时候，爸爸还专门给我做了我最爱吃的炖羊肉，一年不到，怎么一下子就成了这样了呢？

"谢天谢地，老爸终于从危险中挺了过来，病情也趋于稳定，后来的手术也算顺利，剩下的只需要长期服药和理疗了。出院后，我照了照镜子，发现自己竟然长出了两根白头发。

"我真的觉得父母老了，他们虽然嘴里说别耽误工作，但心里是多么需要我的陪伴。可我在北京工作，先是在联想，后又去了百度。别说和他们相隔千里，有劲儿使不上，就算他们在北京，我工作这么忙，也没法照顾他们啊。人的晚年，一生只有一次，我想让他们度过一个幸福的晚年。

"几经权衡，我辞去了在百度这份收入不菲的工作，把父母接到了北京，然后我开始创业了。这样时间比较自由，早上不用打卡，晚上不用加班。

"几年过去了，虽然现在公司做得有声有色，但促使我走上创业这条路的，真不是什么伟大的口号和壮丽的理想，就是这么一件在别人看来很普通，对我来说却不普通的事：多陪陪我的父母，让他们有一个快乐的晚年。"

高歌给我讲完了她的创业故事，这使我想起一位哲人说的话：许多伟大的人物，他们的动机并不高尚，但后来他们成功了，经别人一写，就变得伟大了起来。

作者感言

许多伟大成就的动机其实并不高尚，但它们却是我们的"明灯"和"干货"。

2017年是中国恢复高考四十周年，几乎每个考过大学的人都有难以忘怀的外语情结，我自然也不例外，经常以能在马路上和老外聊上几句而感到自豪。学语言其实没有捷径可走，多说、多听、多写，时间长了，自然就会了。可我嫌速度不快，花了很多精力去看那些英语速成的书，而且看得还挺着迷，后来我觉得自己都快成了这方面的专家，结果呢，英语考试成绩还是平平常常。等后来到了国外，我发现自己花了很多精力学的英语，是一种外国人根本听不懂的奇奇怪怪的东西，用北京话说就是"学邪了"。

我在这里声讨这种"干货思维"，是因为我曾经被这种"干货思维"害惨了，中毒之深，以至于人过中年，我身上的"毒素"才勉强肃清，可有时候还会反复。

所以，那些脑子中有"干货思维"的创业者，要以我为教训。常言说，一把钥匙开一把锁，那些听上去很"高大上"的干货，只能生存在成功学的书本里和讲坛上，对你要开的自己这把锁，未必适用。

我们要做的就是找到适合自己的干货，也许它并不伟大，但却是照亮我们前进的明灯。

21. 创业也是读书

创新理念：创业中的无字之书

　　如今纸质书不再是获取知识的主要渠道了。古人头悬梁锥刺股的读书方式也成为永远的过去。各种新的读书方法伴随着互联网的出现应运而生，读书会作为一种新型的学习方式，开始渐渐兴起，人们还给这种抱团读书的形式起了一个名字，叫作"非正式接触"。非正式接触所获得的知识，往往比正式接触获得的知识更真实、更重要。

　　所谓非正式接触是指：一群人在一起读书的时候，会有许多与书有关的"隐信息"散射开来，如背景知识、创造性知识等等，它们交织在一起；有时候，甚至你无意间听到的一句话，都会给你很大启发，而这种隐性知识在书本上是读不到的。

创业故事："输出强制带动吸收内化"的新型读书法

　　"碳9学社"的"输出强制带动吸收内化"学习方法，是对读书方法的一种新的尝试。在"碳9"的课堂上，没有那种传统的站在讲台上的老师，而是鼓励每个人都上台当老师。为了讲好一次课，每个小老师都会在线上线下阅读大量的书籍，用他们的术语叫作"拆书"。渐渐地，人们还总结出了一套"拆书"的方法。

　　他们从来不是一个人关起门来读书，而是组成五人以上、十五人以下的团队在一起"拆书"或者"凑书"：你读几章，我读几章，然后大家坐在一起，互相交换自己的所学，这样一本书很快就读完了。这个过程中还伴随有争论，很多问题和概念在争论中越辩越明，相持不下时，大家就回到书里看看是怎么写的。如果实在搞不懂，大家就去请教这方面的高人，下次上课时再拿来讨论，然后把这些读书心得汇集起来，做成一台节目，在大课上去进行大比武，实际上就是一次读书心得的大比赛。对最终获胜的队伍来说，整个过程乐趣无穷，因为他们既读了书，又交了朋友。我参加过很多期这样的读书会，收获颇丰。

作者感言

真实的世界往往和书中的世界不太一样，它往往会在书本理论上叠加一个意想不到的维度，这时候书本理论就没用了。这其中有两点：一是书中的观点过时了，虽然作者在提出这个观点的时候，跟当时的情境相吻合，但现在已经过时了；二是折射出来的新维度，作者本人也没想到。所以，一个优秀的读者很在意如何从读书活动中获得这种新维度，那往往是读者所收获的最大、最有营养的干货。

人们对待知识有两种态度：一种是先设定目标，然后开始行动，只要开始行动了，你脑子里已有的碎片化的知识，就会自动组织起来，成为自己认知的一部分；而学者对待知识的态度则与此不同，他们把知识本身当作一个作品，不是用来总结过去，就是用来探索未来，这当然要以一大堆新名词做基础，并且用一个标新立异的东西，将这些概念串起来，形成一个体系，也就是今天人们常说的系统化。至于这个知识体系能不能用来指导实践就不得而知了。不过，这些知识在被系统化那一天，有些就已经开始老化、教条化、脸谱化。如果直接拿过来用，可能会失败得很惨。

所以，"学以致用"是对的，"学不为用"也是对的。认识了这个基本道理，也许我们就可以理解，为什么古人说"秀才造反，十年不成"了。

有位哲人曾经说过这样一句名言："创业也是读书，是自由而享受的读书。""碳 9 学社"的这种"输出强制带动吸收内化"的读书方法，也是在读创业之书。

毛泽东有一句名言：读书是学习，使用也是学习，而且是更重要的学习。从战争中学习战争——这是我们的主要方法。

22. 战略是事后总结出来的好运气

创新理念：秀才造反，十年不成

有人说战略是制定出来的,也有人说战略是事后总结出来的。

不管是制定出来的，还是事后总结出来的，总之，总结出来的战略，已经跟你当时做决定时的状态和情况没有太大关系了。

想要照搬一套战略和方法，然后试图获取成功，这是一种典型的"懒人思维"。学习和了解其他公司和成功人士的战略和方法论，只能是启发自己，最多也就是个参照，绝不能复制到你身上。巴菲特主张价值投资理念，你在中国学他老人家，一只股票拿多少年都不撒手，最后跌成 ST。看到马云搭平台赚了大钱，你也跟着去做中介，结果赔得一塌糊涂。

只要是已经总结出来的经验，就变成了摆在那里的标本或样品。但是，每一次行动一定是独特的，绝不可能被你轻易地复制下来，而你自己走向成功的道路，也一定和别人不一样。

为什么说"秀才造反，十年不成"？因为秀才除了性格软弱以外，还总是照着书本去打仗，一会儿《三十六计》，一会儿《孙子兵法》，书本背得滚瓜烂熟，但却总打败仗。这就是因为书中的战略一定不适合秀才当下所面对的情况。道理用错了地方所带来的害处，比你不知道这个道理的害处还要大。

创业故事：战略是总结出来的好运气

现在国内各种各样的创业培训班多如牛毛，在海淀大街上，每一个不起眼的小标牌后面，都聚集着非常多的创业培训班，但课程内容大都是教你怎样走向成功，很少有课程让你去感受失败。

"碳9学社"在开设的创业课程中，有相当一部分环节的设置，是在模拟失败的场景。这也是"碳9学社"的经典课程之一。

在训练"如何面对失败"的课程中，以"紧急叫停"最为有趣。这个课程的设置是：在上大课时，学员要用PPT展示"如何把自己的读书心得运用在自己的项目上"。为了夺得这个项目的冠军，整个团队要没日没夜地准备半个月。这个课程的大致规则是：如果在场观摩的学员中，有十个人否定了演讲者的表现，这个演讲就被视为失败；在台上的这组人，就会在众目睽睽之下，尴尬地退场。很多团队辛辛苦苦准备了很多天的节目，往往是演到一半，就被台下的学员给轰下去了。这虽然只

是课堂上的尴尬，但那种挫败感确是真实的。有时候学员真入
了戏，整个小组都会在一起抱头痛哭。

我每次看到这种场景的时候，心里都会酸酸的，抱怨评委
和观众太冷漠。但这毕竟还是在模拟失败，如果是真实的失败，
情况要比这糟糕得多。

所以说事先制定的战略，往往和实际情况出入很大。

作者感言

不管是工作还是生活中，我们都需要做决定。但我们要学
会把决定和结果分开。我用打牌和下象棋来举例。下棋的时候，
棋盘上的信息都是公开透明的，你知道对方有多少棋子，也知
道大概有多少种下法。如果下棋输了，你能知道是哪一步走错了。

但打牌就不一样了，你掌握的信息永远是不全面的。你只
能根据当时已知的信息，做出最好的选择，而这个选择所导致
的结果也是不可知的。这就像制定战略一样，你往往是在信息
不全的情况下，必须做出决定，而且一旦做出决定之后，形势
仍然会千变万化，甚至事情的发展方向和你当初制定的战略南
辕北辙。

所以说，我们要学会把决定、战略和结果分开来看，只专
注于做出正确的决定，关注过程，而不必过分在意结果，甚至
有时候要重决定、轻结果。

实战的结果告诉我们，才能和运气是交织在一起的，再好的才能和决定，也可能因为运气不好而失败。学会把决定和结果分开，也有助于自己保持心态平衡：出现了坏结果，不要苛责自己，有了好结果，也别太骄傲。

现在很多学习创业的学员们，在那里没完没了地讨论比尔·盖茨是怎么创造微软的，扎克伯格是怎么成功的。学习、借鉴一下他们的经验和教训固然是可以的，但如果直接依照他们的思路来创业，那几乎是死定了。所以我们在学习别人的时候，心里应该清楚自己的定位才行。

在移动互联网曙光初现的时候，出现过许许多多看起来很虚，但将会形成新行业的绿芽，而许多旧行业会随着黎明的到来在夜色中消失，这并不是因为他们错了，而是人们不需要他们了。比如，苹果手机的兴起和诺基亚手机的出局，就是一个人们经常提起的例子。其实这并不奇怪，因为在时代转型的剧变中，历来都是这样，没有什么值得扼腕叹息的。

这就是所谓的战略。

23. 打动我们的往往是故事

创新理念：创业就是讲一个让人相信的故事

人世间的故事积累得多了、久了，就有了历史，但历史上的人物和事件从来都不是非黑即白的。"好人"都完美无瑕，"坏人"都一无是处，这种非黑即白的历史，大多是假的。正面人物有他不为人知的另一面，而那些所谓的反面人物，也做了很多好事，也有不少亮点，只是我们不知道罢了。

这个世界远比脸谱化的京剧情节要复杂得多。我们所知道的历史，也许并不像你想象的那样，有些可能是编造和杜撰的。即使符合事实，也只是历史这块多棱镜中的一面。

创业故事：儿童脑力健身房

方然是创业战场上的一名老兵了，他从开始创业至今，已经有十二个年头了。十二个春夏秋冬，几千个日日夜夜，他只专心做一件事，打造"儿童脑力健身房"。

方然的这个创业项目比较新颖也比较奇特。我采访他的时候，他介绍了很长时间我才听懂。新东西往往就是这样，看不懂、说不清，一旦干成了又赶不上。

"我是在华中师范大学读的心理学，上学期间，我的英语不好，我很努力，就差头悬梁锥刺股了。可按照常规的学习方法，我的英语成绩一直不理想。后来，我看到国外有一种开发大脑记忆力的仪器，就抱着试试看的想法买了一台，试过后虽略有长进，但效果仍不理想。再后来，我把心理学的知识融入进去，对仪器进行了改进，形成了一套独特的开发脑力的方法，一试，效果还不错。"方然告诉我。

"现在对于儿童进行早期智力开发，大都是通过教材和游戏，你用仪器设备来开发孩子们的脑力，人们会认可吗？"听完方然的介绍，我不免有些担心。

"这个东西太新了，开始大家在认识上是不接受啊：把仪器戴在孩子的头上，万一把孩子的脑子给弄坏了可怎么办？何况使用效果也无法立刻显现出来，要一年以后才能看得出来。所以，这个项目我们虽然做了十二年，但仍然规模不大，很是小众。"方然的这番话很真诚，语气中多少透出一些遗憾。

"庆幸的是，效果逐渐显露出来了。以前我是只顾埋头做事，因为我对它坚信不疑，但酒香也怕巷子深啊，所以，这几年我们也开始注重市场开发了。特别是江苏卫视推出了一档叫作《最强大脑》的节目，对我们的这种早教方法进行了宣传。

我们又组织了一些比赛、大脑脱口秀之类的活动，还出版了相关图书，使得我们的产品慢慢得到了认可。"说到自己的创业项目，许多创业者都会流露出一种得意的神情，方然也不例外。他的声音很舒缓，语气总是轻轻的，可能是因为长期和孩子们在一起的缘故吧。

"我用健身做个比方。如果经常不去健身房，我们身上就会长肉，但都是软软的脂肪，而不是结实、健美的肌肉。如果你在器械上进行锻炼，不断地刺激身体的特定部分，那块肉就会变成肌肉。虽然同样还是那块肉，但却有很大的不同了。如果把人脑比作是身上的肉的话，我们的设备就是那些健身器械，它通过调整大脑的生物电波，把人的大脑中那些没有被激活的东西激活。"方然这么一说，我就明白了。要把一个新东西说明白还真难，有时候往往要借助旧概念才能说清新东西。

"虽然做了十二年了，但我的企业规模并不大。一个新东西要想让人们接受，往往需要一个漫长的过程。比如日本的喷水式马桶盖，让人们不再用纸擦屁股，足足推行了四十多年，才被人们所接受。我们这个项目可比洗屁股复杂多了，它会改变了人们的观念，所以，也许四十年都不够。"方然说这番话的时候，脸上泛起一丝苦笑，但目光中却透着一种深沉与坚定。

采访方然那天，正好是 2017 年 12 月 26 日，是毛泽东诞辰 104 年的纪念日。我想起他老人家写的《愚公移山》，文章中有这样一段话：

中国古代有个寓言，叫作"愚公移山"。说的是古代有一位老人，住在华北，名叫北山愚公。他的家门南面有两座大山挡住他家的出路，一座叫作太行山，一座叫作王屋山。愚公下决心率领他的儿子们要用锄头挖去这两座大山。有个老头子名叫智叟的看了发笑，说是你们这样干未免太愚蠢了，你们父子数人要挖掉这样两座大山是完全不可能的。愚公回答说：我死了以后有我的儿子，儿子死了，又有孙子，子子孙孙是没有穷尽的。这两座山虽然很高，却是不会再增高了，挖一点就会少一点，为什么挖不平呢？愚公批驳了智叟的错误思想，毫不动摇，每天挖山不止。这件事感动了上帝，他就派了两个神仙下凡，把两座山背走了……

作者感言

我们习惯给别人打分，喜欢用"英雄"和"懦夫"来给我们并不了解的人贴标签，其实这是很幼稚的行为。一个成熟的人，是不会轻言是非的，更不会轻易给别人下定义。这不是因为他胆子小、顾忌多，而是他知道，故事深处还有内因，是非背后另有是非。轻言对错、草率下结论，不是别有用心，就是给自己挖坑。

我们看到的历史书大多都是编年史，这也就是为什么隔一段时间，历史教科书就要重新修订的原因。

　　庆幸的是，人类终于发现了引力波，而每个人发射的引力波就像他的指纹一样都是不同的。也许在不久的将来，人们会把形形色色的引力波像电磁波一样还原成图像。到那时，所有的历史人物，我们都能在屏幕上真真正正地看到他们本人。如果真有那一天，所有写在书上的历史将全部被澄清，那时的历史不再是书上的扑朔迷离，而是实实在在摆在我们面前的事实。

24. 直觉也是一种数据

创新理念：许多伟大的创意都是拍脑门想出来的

万维钢在《索罗斯的见识》这篇文章中把知识大致分为四种：

第一种叫作客观知识，也就是 1+1 = 2 的知识，它和你的视角无关，不管你是谁都得承认。第二种叫主观知识，比如说快乐、痛苦这些情绪无法用数字测量，但人们也会尊重这种知识。第三种知识叫作共享知识，就是大家共同认可的一种知识，这个也是无法用数字测量的，但它确实存在。第四种知识叫感觉知识，就是你对环境、状态和各种数据的一种直觉反应。

比如说，我们认为自己可能生病了，到医院去拍一张片子，然后拿给医生看。同样一张片子，有的医生会认为你病入膏肓，有的医生却认为你根本没有病，这依靠的不是数字，而是所谓的"医感"。医术的高下就反映在对这张片子的理解上。

麦兹伯格把描述客观知识的数字称为"薄数据"，而综合四种知识的信息，称为"厚数据"。

"薄数据"在计算机里，而"厚数据"蕴藏在智者的脑子和直觉中，于是我们便把这种知识称为"感觉知识"。

所以，高手的厉害之处，不在于他知道很多"薄数据"，而是他可以根据"厚数据"得出很多结论，做出很多选择。

科学发展到今天，已经越来越像宗教了。但是，在人类亿万年的演化历史中，它也不过就是近几百年的事，而我们大脑所产生的直觉，却是人类亿万年进化的结果。直到今天，科学仍然无法对很多事物做出解释。

人脑最了不起的能力不是什么逻辑推理，而是信马由缰地在各种信息和知识之间找出某种若有若无的关联。这种关联用逻辑分析不出来，要靠直觉的力量，这是人类在与机器人的较量中最后的底牌。

创业故事：用直觉和爱行走在创业的路上

王硕朴是我采访的"碳9"学员中第一个说起"创业直觉"的人。

"第一次创业是凭着直觉去的，在 2000 年，我预感教育信息化基础建设服务会是创业市场的热门项目，所以就去做了。做得还好，这个'好'远不是大成功，但也没有失败。"提起自己的第一次创业，王硕朴只说了这么短短的几句，就没话说了。

她是那种话很少的人，不像有的采访对象，你问一句，他恨不得把这辈子的事儿都告诉你。话少的人一般做事儿靠谱。她说她名字中的"朴"，在《道德经》里出现了六次，她一直在探求着"朴"中蕴含的"道"和"器"的和谐统一。

"现在成立的'乐游乐学'教育，专注研学旅行、夏冬令营、国际文化艺术交流等校外素质教育活动。"在采访王硕朴之前，我在百度上浏览了一下他们公司的情况，发现"乐游乐学"教育已经做得很有规模了。

常言说"先生莫问收入，女士莫问年龄"，王硕朴在采访中却主动告诉我，她是1971年出生的"小金猪"。她说自己是"一只小笨猪，带着鹏的灵魂，像一只骆驼一样行走在路上，慢静又自得其乐"。

"我后来认识到，我性格深处是一个天生的创业者，我想我会创业不止。我每一次创业都有很强烈直觉，喜欢遵循自己的内心去做事。有些时候，不能等着有了合伙人再出发，我坚信在朝圣的路上，一定会遇到同路人。"直觉敏锐的人，大多是这样。她不喜欢讲具体的故事，而是把很多道理涵盖在了一句很有哲理的话里。

"您来采访我，一定会失望的。现在到处都在提倡要学会讲故事，创业要讲故事，融资要讲故事，可我觉得自己是一个没有故事可讲的人。而且，我在尝试这样一种可能性，即不打造个人IP，只是打造产品的品牌。我想试试这样到底行不行。"我心里暗自叫苦，这下可麻烦了，没有故事，文章写给谁看？

　　"我觉得创业者内心的和谐是最重要的。创业者既要'尽人事，知天命'，也要'知天命，尽人事'。这不矛盾，而是更好地运用事物发展和变化的规律。"她接着说，"我觉得创业没有早晚。做事，安静是最大的力量，所谓守静制动。"王硕朴说她是凭着直觉和热爱在创业的。孩子的直觉总是比成人敏锐，而我发现硕朴是拥有一颗童心的人。在采访中，我注意到，她说话的语气、神态，她的着装和走路的姿势，透着一股挡不住的蓬勃朝气，完全不像一个四十多岁的女人。

　　采访结束时，这位几乎是问一句说一句的创业者，突然冒出了一句话："我觉得自己是一个接近神性的人。"这是在那次采访中，她说的唯一一句让我心灵一震的话。

　　全球有两大创新中心，一个在美国，一个在以色列。这两个地方我都去过。在美国的硅谷，你感觉到的是视野与格局，而在以色列，你能感受到的是宗教和创业的交相辉映。正像有位哲人说的："当科学家经过几百年的努力，终于站在这个高度上喘口气的时候，却惊奇地发现，宗教早在三千年前就在这里等着了。"王硕朴说的神性，我想我应该听懂了。

作者感言

　　多少年来，我一直有一条隐秘的经验：我喜欢用直觉来做决策，在已知信息越是很少的情况下，用直觉进行决策就越灵验。在我的商旅生涯中，依靠直觉而不依靠数据来做决策，成功率反倒挺高，有时候还真成为什么"中国 × × 第一人"，轰动一时。

许多伟大的创意是拍脑门想出来的。我相信这句话。

当我把这种有关直觉的话题和别人交流的时候，很少有人能听懂，大都认为这是封建迷信。决策嘛，当然是要靠数据了。

这使我既自信又不自信，可每每遇到事情，还是习惯用直觉来做决策，而且屡试不爽。

当我看到麦兹伯格写的《意会：人文学科在算法时代的力量》这本书时，高兴得几天都没睡好觉，真是"海内存知己"！没想到我和这位素未谋面的大师成了知音。这就像一个人走夜路走得太久，突然碰到一个拿着火把的同路人一样。

如果过分相信理性，而对我们特有的直觉不是那么自信，特别是当科学和直觉发生矛盾的时候，那些演绎、推理、验证、计算常常会把我们的直觉阉割得一干二净。这就像西医和中医一样，西医是数字，而中医是直觉与哲学。

所以，理性思考、科学论证与非理性的直觉，都是照亮我们前进道路的火炬，都是我们思想的武器，一个都不能少。

25. 人类的每次进步都需要保守

创新理念："跟上时代"有时是个伪命题

我去以色列考察的那段日子里，给我感受最深的就是宗教与创新之间的关系。

两者是一种什么样的关系呢？第一，宗教是人们思想上的引领者。正像一位哲人说的，当科学经过几百年的发展，已经到了今天这个高度的时候，却发现宗教早已在几千年前，已经预示了。

第二就是保守的倾向。宗教会提醒和限制那些思想激进的人，提醒和告诫他们：不行！危险！

越是和北京创业圈的朋友们"混"在一起向前跑，我越能体会到保守的积极意义。就像一辆高速飞驰的汽车，必须是以刹车足够灵敏为前提，否则这辆车越开越快，非翻到沟里不可。

可是，当车开得飞快，还没有出事的时候，旁边如果有人提醒你"危险"，让你把速度降下来，你一定会很烦，会笑话他保守、胆小。

当大家都疯了一样往前飞奔时，踩刹车的人，仅仅踩刹车这个动作本身就是贡献。因为往前跑，不见得有效率，而踩刹车，总是能够确保安全的。

德鲁克曾经这样说过：思考是一件非常痛苦的事情，所以人们用追逐潮流来代替它，一旦碰到了难题，就用似是而非的新名词来替代思考，以此来走捷径。

这个世界上最容易吸引眼球的，一定是哗众取宠、惊呼变化的人，或自诩先知先觉，能预测未来的人。

正是因为人们天生容易焦虑，所以才让很多"大师"一举成名。惊呼变化也好，预测未来也罢，反正站着说话不腰疼，也不需要承担什么责任。这些"造语者"推崇的是语不惊人死不休，而真正有洞察力又心怀悲悯的专家，他们的影响力和受欢迎的程度却无法与这些"明星"相比。

创业故事：一个为产品注入灵魂的人

创业的美女一般分为两类：一类是故事多的，经历过很多恩恩怨怨、起起伏伏；一类是思想深刻的，总是把自己的创业思考提炼成一两句话，让你去琢磨。简非繁就属于后者。

"价值是产品的生命，价值感是产品的灵魂。我的使命就是帮助我的客户，去识别和打造真正的好产品，并且为之注入生命和灵魂。"她这话听起来有点轻飘，但仔细一想，还真有点哲理。从马云的阿里巴巴到乔布斯的苹果，从谷歌到腾讯，这些都是有灵魂的产品。

她继续解释说："每开发一个产品，其实就是在创造并进入一种生活方式，并回答为什么如此，以及如此所带来的意义。我们要深入探索用户在购买和使用这个产品过程中所产生的满足感带来的价值体验。"

把为产品注入灵魂当作自己的创业起点，一个创业者能够悟出这个道理，并且从这一点开始，起点确实不低。

"一旦我们成功找到了某个强烈的价值体验，用户会说：'哇，就是这个，它让我的生活成为我想要的样子！'这就成为产品的一个巨大的传播源泉，企业的所有经营活动，就会围绕着它来进行设计。这时，这个产品就好像真的具备了生命和灵魂，能够与它的用户进行深层次的交流和共鸣。"

是的，一个产品有了灵魂，它就会自己活起来，创办者只需要围绕着它来开展经营活动。就像作家写小说，写着写着笔下的人物就活了，它有自己的生命和生活轨迹，连作家都要跟着这些活着的人物一起走。

"然而这个过程并不容易，这受制于客户做产品的态度，还有我自身对于产品和用户的认识的深度，这需要我们抵抗住诱惑。偏离初心、自欺欺人、自以为是、急于求成，这些是最需要自我突破的部分。"

那天晚上，简非繁没有说太多自己的创业故事，而是沉浸在"创业哲学"的布道中。她讲得很专注，我不忍心打断她，就任由她的思绪飘荡着。这一代创业者和前辈们真的是不一样了，他们追求利润，在细分市场中寻找机会，还会思考商业意义。

转念一想，为什么非得让每个接受采访的创业者都讲自己的创业故事呢？能听见这样的美女哲学家谈谈自己的创业思想和创业哲学，本身就是故事。

十年磨一剑。为产品注入灵魂，不焦虑，不急躁，不哗众取宠，这就是今天优秀创业者的画像。

作者感言

走得太快了，灵魂会跟不上的，而一款优秀的产品也一定是有灵魂的。

其实，这个世界变化再快，可能跟你我也没有太大的关系。有位哲人说过这样一句话：宏观层面是我们必须接受的，微观层面才是我们能有所作为的。

不追逐潮流，不追逐不确定性，读经典，干实事，踏踏实实地把基础工作做好，一步一个脚印地朝前走，这才是真正行走在创业路上。

只要明白了这个道理，我们在面对扑面而来的新名词时，就可以用新的眼光看待"知行合一"，也能正确理解"说一套做一套"并不一定是个贬义词。

我是一个创新爱好者。每当碰到新东西的时候，我总喜欢在"前边没有岸，后面又远离了岸"的状态下"捞点好处"，正因为这样，我更加尊重保守主义者。

人类的每次进步，都需要保守。我们现在的速度够快了，人们总是认为"一万年太久，只争朝夕"，这时，如果有人敢于站出来喊一声"危险"，别人听不听我不知道，但我会肯定会向他投去敬佩的眼神，因为这需要勇气。

26. 要求不同的人走同样的路，这不正常

创新理念：新物种的命运

"新物种"应该说是这两年来的一个热词，比特币、无人驾驶汽车、共享单车，创业大潮中冒出来的各种新概念，更是层出不穷，一波未平一波又起，让我们应接不暇。在两百多年前的工业革命时期，当人类从农业社会进入工业社会的时候，也经历了一次"新物种"大爆发的时期。那时候，人们谈论的是大航海，是蒸汽机，是电，是石油，是汽车。

我们今天还在享受着那场工业革命的成果。

互联网技术的出现，又推着人们从工业革命时代进入到信息时代，人们现在谈论的是大数据、云计算、人工智能。数字技术的出现，导致了很多约束条件突然消失，于是便出现了我们今天看到的商业"新物种"的爆发。

我们这个时代并不是唯一一个激烈变革的时代。在十九世纪末二十世纪初的时候，人类社会也曾经出现了巨大的变化。我们这个时代的焦虑，当时的年轻人一样有过。

历史有着惊人的相似之处。

在那个时代，德国哲学家尼采提出，人类需要具备第六感，才能够在看似疯狂的工业革命中生存下去。他所说的第六感是对历史规律的感知。尼采讲到，人要看到自己的一生，不能被速度搞得眩晕了。

在这种巨变的时刻，我们怎么看待这些层出不穷的新物种，成了工业革命和信息革命这两个时代的年轻人，共同思考的一个问题。

就像寒武纪生物大爆发时期，地球上出现了很多生命形态一样，但生物大爆发之后，又出现了一个灭绝大潮。很多新物种在生命大爆发之后，又很快消失了。就像人的精子，牺牲亿万才能成活一个，真是"其兴也勃焉，其亡也忽焉"。

人这个物种，容易感知天气的冷暖变化，也能体察人世间的悲欢离合，但对未来的感知能力比较差，往往是身在巨变之中却感觉不到。虽然我们已经进入"万物互联时代"，而且已经进入"万物互联时代"的下半场，但很多人依然浑浑噩噩、麻木不仁。你可以选择当新物种的主人，也可以选择当新物种的仆人，如果你愿意，你也可以当这个加速时代的隐身人，但是，千万千万，不要做技术的敌人。我们这些普通人，能够成为新物种的仆人，已经是万幸了，

因为你至少活下来了。

规律总是残酷的。

创业故事：众筹二胎

罗敏是"碳9学社"的"五大美女"之一。她来自人杰地灵的四川，在北大读书，可谓人小鬼大。

罗敏的创业生涯从大学时期就开始了。她先是创建了一个网站，从提供学校周边吃喝玩乐的信息开始，到提供口碑点评高校等分类信息，可谓应有尽有。网站还没建好呢，她就到商家拉了广告，开张没多久居然就开始盈利了。接着她又和朋友合作，在学校周围开了一所健身房，不仅自己健身方便，还是交友平台，一年下来还真赚了不少。

"大学生在校创业，赚到钱的并不多，但能交到不少朋友。我喜欢交朋友，从北大的老师、知名教授到小保安，都能成为我的朋友。"回想起大学时的创业生涯，罗敏颇有几分得意。

在北京大学光华管理学院做博士后期间，各种创业的理念和想法纷至沓来，罗敏的创业激情更是一发不可收拾。她先是到"中国众筹学习班"做学委，后来又搭建了一个"点赞北大"的社群，通过"优秀北大人物榜"，来整合北大的教育资源，成为教育界较有影响的知识付费平台。

在罗敏的创业"区块链"中，她最为得意的作品，便是"二孩众筹"了。这个项目在很多人看起来很不靠谱，真是人走正道、剑走偏锋。

"有众筹出书、众筹餐厅，还从没听说过众筹生二胎呢，你是怎么想起来这个创业项目的？"采访罗敏时，我好奇地问她。

"那是在纪念厉以宁教授从教六十周年的活动上，我异想天开地编了一个小品叫《二胎》。在编节目时，我采访了一些想要二胎的人，他们当中有很多人想要二胎又怕养不起，而另外一些人想要二胎但条件又不具备。有需求就有平台啊，如同做公益活动一样，你可以领养一棵树，可以领养一头非洲大象，为什么不可以众筹去领养一个二胎呢？众筹几十万在平台上应该不算一个大数目，但对于一个想要二孩的困难家庭来说，那就是一笔不小的钱呢，足以让一个孩子茁壮成长。"说到自己得意的项目，罗敏显得很兴奋、很开心。四川姑娘本来说话就快，这下语速更快了，略带一点四川口音的普通话很好听。

"以前农村孩子考上了大学，家里没钱交学费，都是全村的男女老少给他凑。等这个孩子上了大学以后，每到寒暑假回家，父母都要领着村里的这个'状元'挨家挨户登门道谢，谢谢这些伸出援助之手的乡亲，这不就是最原始的众筹吗？如今有了互联网，理论上可以组织全国范围内的'二胎众筹'。比如，孩子的生父母在甘肃天水礼县，参加众筹的'父母'，可能在北京、上海、天津，甚至是在国外，他们可以共同领养这个二胎，孩子长大后，就要尽他所能回报天下这些他见过的和没见过的再生父母。"罗敏如是说。

罗敏的这个想法确实是够新颖也够奇葩，如果实施开来，不仅能够对"二孩政策"有一定的辅助，对孩子的茁壮成长有巨大的帮助，最重要的是它会引起友情、亲情甚至是伦理道德上的一系列变化。这下可玩大了。

"是有点玩大了。"罗敏笑着说。

"每一项新技术的出现，都会让人与人的关系发生变化。互联网的出现，手机和微信的普及，已经开始让人与人的关系发生了很大的变化。但这仅仅是个开始，更伟大而深刻的变化还在后头。"罗敏说这番话的时候，目光中充满了自信与渴望。

采访结束时，罗敏告诉我，她已经怀上二胎了。

作者感言

1998 年，有一个叫作克伦·阿道夫的女科学家，为了研究孩子到底是如何学会走路的，实地观察了二十八个孩子。这一次，她没有采用通常把所有孩子看作一个整体而取平均值的方法，而是把每个孩子都当作独立的个体，全程观察每个孩子的成长过程。

她一共观察了二十八个孩子，竟然发现了二十五种从爬行到走路的方式。有些小孩甚至越过爬行阶段，直接学会了走路，有的小孩还出现过先走后爬的退步现象。但无论如何，最终所有的孩子都学会了走路，都走得一样好。

阿道夫得出结论：在孩子成长阶段，人们会在心里设定一个平均值，把这些孩子的成长速度往平均值上靠，低于这个值就认为其发育不健全的说法是没有科学根据的。

一个小孩学走路这样一件看似简单的事情，都有这么多不同方式，更遑论那些比较复杂的事情了。专家们设定了那么多的平均值，究竟有多少科学根据和价值，也只有天知道了。

中国大一统的历史太长，大量的人聚集在一起就容易互相模仿，进而产生雷同，同时也更容易相信和使用一些公认指标和主流思想，更多地习惯"求同"，而不是"存异"。如果你偏离了公认指标，就会被认为是另类。在中国，"另类"的日子是很不好过的。这种文化观和强调个人主义的欧美国家有着极大的不同。

要求不同的人走同样的路线，这个现象并不"正常"。不同的人走不同的路线，最后都实现了自己的目标，这才是真正的"正常"，就像那些学走路的孩子们一样。

"碳9学社"独创的"湿地教学法"，就是让创业者在失控的状态下，打破传统的一些思维定式，让不同的人根据自己的状况，找到自己在创业中的位置。这种创业教学法本身就是一个新物种，它同样经历了一个让人看不懂、看不惯、跟不上的阶段，最终成为"颇受创业者欢迎的教学保留节目"。

27. 再说"风口上的猪"

创新理念：创新不是一场运动

在创业界流行着这么一句话：找对了风口，猪都能飞起来。

这话猛一听好像很炫，但仔细一想，这就有点像猪八戒一样，跟着他那个猴哥降妖捉怪十分热闹，最后那经书是不是取来了，人们好像不太关心。

创业潮中，如果创业者希望自己成为这样一头被风吹起来的神猪，那会很麻烦。

且不说有没有能把猪吹起来的风口，这头猪有没有运气能赶得上，即使有万分之一的幸运，这头猪被风吹到了天上，如果它真的是一头猪而不是一只鸟的话，那这头猪得有多焦虑啊！它会时刻担心风停了怎么办？但风，终归是会停的。

创业像生命的开始，死去亿万精子，才能活下来一个。

我们有一种习惯，经常会将一件事演变成一场运动，每当这种情况出现，味道就变了，性质也就完全不一样了。

人类千百年来的商业行为，主要是制造产品或者买卖产品。现在这种天使融资，A轮、B轮、C轮融资，还有背着巨额亏损，期盼着被收购或者是上市的玩法，也不过是近三十年才出现的。在历史长河中，不过是短短的一瞬间。在这个新玩法还没有经过时间检验之前，很多打着"颠覆式创新"大旗的人，不过是在掩盖一种过分投机心理。他们不想脚踏实地，而想去做那头被风吹起来的猪。能飞多高不好说，但他们总有一天会摔下来。

创新不是一场运动，它仍然是商业，没有脱离了商业的本质。尽管创业像精子一样汹涌澎湃，但它并不是一场运动。

而当人们认清它是一场运动的时候，已经付出了高昂的代价。

由于写作和好奇心的驱使，再加上以前有过一次创业成功的侥幸，所以我喜欢关注创业者的创业轨迹和生活状态，这里有太多的悲喜故事。尽管每个创业者的道路不同，但一番剑指苍天之后，他们似乎都明白了很多道理，不再沉迷于"总""董"的称呼和前呼后拥，又都回归了商业本性，回归了自己的内心。

我一直关注着"碳9学社"这个创业营中几位我认为有希望的创业者，这时我既是一个撰写创业书籍的作者，同时也是一个天使投资人。一半是参与者，一半是旁观者，我凭着以前的创业经验，自认为视角独特且多维，心里总是为这些创业者捏着一把汗。可是，他们的激情也在感染着我这个"老江湖"。

创业故事："美女主播"的创业路

吴佳昱是知名的电视台节目主持人，一干就是二十年，最风光的是在云南卫视做主播，这在"碳9"学员中算得上独一无二了。

"那时候的女主播多红啊，我不说你也能想象出来，走到哪儿都有人围着，甚至偶尔到楼下买个早点，那些陌生人也会主动让开，不需要你排队，让你先买；那种优越感，稍微一放松警惕就会飘飘然。"吴佳昱虽然已经离开电视台一段儿时间了，但在我采访她时，她那种明星范儿依旧未减。

"有这么好的职业前景，你干吗要下海创业呀？"每次采访"碳9学社"的创业者，我都会问到创业动机这个问题，答案真是各种各样。

"您多久没看电视了？您看看您身边的人是不是上网的越来越多，而看电视的越来越少了？"她反过来问我。

我仔细想了想，这才发现，我真的已经很久没看电视了。是什么原因，我也不知道，只是不知不觉地就不看了。以前在我家床前的墙上，挂着一台电视机，我睡前总要打开看一会儿，且当催眠；现在当我偶尔抬头看到这台电视的时候，有时候心里会这样想，这儿还挂着一台电视呢。

"感觉落差最大的，就是我们这些电视台的主持人了。以前一台好的节目，有几千万甚至上亿人看都不算什么，现在即使最红的女主持人也不如一个二流网红了。一场在我们这些专业人士看来毫无内容，甚至是无聊至极的直播，围观者少则几百万，多则上千万；还有什么打赏、刷礼物，一场直播下来，轻轻松松赚个几十万。这个世界真是越来越让人看不懂了。"说这番话时，吴佳昱毫不掩饰自己的愤世嫉俗；不是手艺不好，是这个时代走得太急。

新媒体就这样在不知不觉中汹涌澎湃地到来，使所有的媒体人猝不及防。"路有两条：一条是在传统媒体内先熬着，毕竟坚守在传统媒体里的人又不止我一个；另一条路就是放下过去所有的光环和回忆，投身到新媒体当中，去做一次全新的开始。"这时，你可以感觉到吴佳昱当时的彷徨与决绝。

"当我尝试了几乎所有的新媒体之后，我根据自己的实际情况，选择了创办中国视频主播网作为创业的第一站。在这个网站上，你可以看到全国优秀广播电视主持人和播音主持新秀的身影。网上还开设了资讯、论坛、招聘、求职、题库、名师、培训等服务，主要是为了给那些希望将来从事播音主持的青少年，提供一个专业院校之外的学习平台，同时也为他们搭建一个就业的桥梁。"说到自己的创业项目，吴佳昱思路非常清晰，描述得绘声绘色。

吴佳昱比很多年轻人更有勇气，这使我想起我曾经采访过的一位著名的节目主持人，她比吴佳昱大不了几岁。当我问她同样的问题时，她却回答我说："谢天谢地，再有几年我就退休了。"

那天采访吴佳昱的时候，她还带来了两个人：一位是她的先生，一位风度翩翩的学者，和她一起创业；还有一个不到二十岁的小姑娘，是在她那儿刚刚上完课的学生。在场的人年龄跨度将近半个世纪，但大家那晚讨论的，却是同一个话题：在新媒体面前，我们该如何选择。

通过培养青少年的主持能力，可以间接地提高他们的综合素质，这种做法很新颖也很扎实。

作者感言

如果把 2015 年看作中国的"创业元年"，那么到今天也有两年多的时间了。在浮躁和疯狂之后，这些满怀激情的创业者，似乎成熟、清醒了许多，终于明白了靠编故事骗投资人的钱，似乎不是商业的本质，而把互联网和传统行业对立起来的观点，也有些偏激和荒谬。

创业的年轻人在激情过后，渐渐地明白了创业不仅靠激情和胆量，还需要开阔的视野和独特的认知。他们明白了商旅生涯不是白日梦，最终从"互联网＋"又回到了"＋互联网"。

创业大街的人流确实是少了，但也许这是件好事，它说明了中国创业的序幕已经结束，而真正创业的高潮才刚刚开始。

28. 天不是大公鸡叫亮的

创新理念：大公鸡认为天是它叫亮的，这是一种自恋和浅薄

有位学者曾经这样说过：以前我们都是通过某种理论，弄清楚事物的因果关系，对事情有一个大致理解之后，再去解决问题。而到了今天，数据规模已经如此之大，给我们提供了一个更加先进的武器，这个武器叫作"相关性原理"。

经常会有这样一种现象，当一件事成功了或者失败了，我们常常会把自己容易看见的，或是自认为已想明白的事情，作为导致这个结果的原因。

我们会陷入一种叫作"归因偏差"的陷阱里，也就是说你感觉到的这个原因，也许和事情的结果并没有什么关系。

人们常举一个这样的例子"雄鸡一叫天下白"：公鸡一叫，天就亮了。但是，如果大公鸡认为天是它叫亮的，那就太自恋了；鸡叫和天亮之间并没有什么直接的关系。

有学者提出"原因包"这个概念，意思是说，结果是单一的，

但是造成结果的原因可能很多。这些原因之间不是简单的逻辑关系，甚至有许多复杂和模糊的连接关系超出了我们的认知，它们共同成为一个结果的原因。

我们在总结原因的时候，常常会把"原因包"里头的某一个原因拿出来，这可能是因为这个原因看起来很好理解，并且也能说得清楚，也可能是错觉，也可能是为了某种需要做出的谎言和欺骗。

这种"先搞清楚因果关系再行动"的方法，我们人类用了很多年，并由此产生了许多学问家。但在信息爆炸的今天，我们要做的事情太多，如果什么事情都"先搞清楚因果关系再行动"的话，那我们一生就干不了多少事了。

创业故事：成功与努力不是 1+1

王思源是一个做事超认真的人。他知道我要写一本关于创业者的书，想采访他，竟专程从上海坐高铁来北京，让我小小地感动了一把，赶忙请他吃烤串。

"我是一个文人气质的人，骨子里没有商业基因。从小我父母教给我的就是诚实做人，加上我一直喜欢文学，比较理想主义，根本不懂得怎么赚钱。也正因为这样，我 2003 年第一次创业时，差点赔得'家破人亡'，差点从金茂大厦一跳了之。"在采访时，他平静地告诉了这次的经历。幸亏他没跳，不然上海的孩子们今天会少了一个很好的学习平台。

"那后来怎么没跳呢?"我笑着问他。

"我站在大厦顶上,看着整个上海那么美,呼呼的大风吹得我都站不住。我心想,从这儿跳下去我是解脱了,但老婆孩子怎么办?他们会一辈子生活在阴影里,孩子会说他爸是一个软蛋,既然死的决心都有,还有什么困难不敢碰的呢?这么一想,我又回来了。"他一边说,一边吃烤串,看来上海人也很喜欢北京的风味。

"我不敢告诉妻子和家人我破产了,更不敢说我去过金茂大厦,只能是每天早晨起来,装成上班的样子,匆匆忙忙往外走,到人民广场找个椅子坐下,一边打发时间,一边想下一步怎么办。"如今事情过去了,他可以说得很轻松,但当时是个什么滋味,想也能想出来。

王总不太像人们印象中的上海男人,他是那种非常儒雅,透明得像水晶一样的人。这种性格的人怎么在商场上和别人去拼呢?可是他竟然做成了。

"我喜欢读书、喜欢写作,我的创业也就从这里开始的。我选择了中小学生的课外教育作为我创业的突破点,从那次破产到今天十几年过去了,我算得上是创业大潮中的幸运儿。也许是方向找对了,也许是创业的时机赶得好,也许是我对家人和债主们的责任心打动了上帝,我后来的创业顺风顺水。线上的'双语朗诵'影响很大,'文新杯'作文大赛成为上海市语文类比赛中规模最大的赛事。"说到今天的创业成就,王总的脸上充满着一股豪气。

那天晚上我们聊得挺多，但文章篇幅有限，我也只能忍痛割爱，讲到这里为止了。记得那天结束时已经晚上十点了，王总打了个车就往火车站赶。他说想坐夜车回上海，这样第二天早上就不耽误上班了。那天是 2017 年 3 月 2 日，北京还挺冷，但已有一丝春意。

作者感言

许多事情之间的关联并不像"1+1 = 2"这样的线性关系，而是非线性的，其环节之复杂，远远超出了我们的想象。有人甚至说，真正因果关系的答案在上帝手里。

我们在学校的时候，老师总是鼓励我们对问题要刨根问底，弄明白了再去做。稀里糊涂就把事情干起来的人，总是让人觉得没理论，有点不切实际。

我们还用"雄鸡一叫天下白"举例子。天确实不是鸡叫亮的，但是鸡一叫天就亮，这是对的。过去的人"闻鸡起舞"，也就是说鸡一叫天就要亮了，该起来干活了。但为什么鸡一叫天就亮，我们不必去过分深究。迄今为止，为什么鸡知道天要亮，科学界仍众说纷纭。但我们不能因为搞不清楚这个原因，就躺在床上不起来。

在大数据时代，我们要学会用"相关性原理"看世界。过去我们关心"为什么"，现在我们应该关心"怎么办"。我们可以不再追求理解，而是通过大数据找到解决方案。探寻因果关系是人类一直都在做的事情，那些就交给研究者去做吧。创业者毕竟不是理论家。

这也许就是大数据的时代精神，也算是一个新的思想武器。

我在写《黄昏亮起一盏灯》这本书的时候，曾近距离采访过几十位如雷贯耳的企业家。当他们从神坛上走下来，作为一个普通人坐在你面前的时候，你会惊奇地发现，他们的许多创业经历跟书上写得很不一样。还有许多他们没有讲出来的成功背后的原因，那就永远是个谜了。

这也是为什么我不太相信市场上那些教人成功的书的原因。因为他们成功的原因大都是不能写到书里的，而且在书里能用文字说清楚的事情，那都是经过修饰的。

29. 本能万岁和打倒本能

创新理念：顺应本能的同时又要战胜本能

看到吴伯凡老师的一篇叫作《本能万岁和打倒本能》的文章，讲的是怎样和自己的本能相处。这篇文章写得真好，一下子就把我心里沉寂了许久的琴弦拨响了。这就好像在黑暗中走了好久的人，突然看到了一束亮光，让我足足高兴了好几天。

我自恋地认为自己是一个直觉很敏锐的人，有敏锐到近乎女人的那种第六感。常看到很多人做决策需要有一大堆概念、案例做指导，需要分析推理，需要写白皮书，可我自己的几次成功决策靠的都不是这些，而是直觉。

本能就像我们的潜意识，指引着我们跌跌撞撞地走到今天。我们在面对许多问题时所做出的决策，依靠的就是我们自己的直觉和本能。我们成功以后讲了一堆故事，那是编出来说给别人听的。

所以说，本能万岁。

我自 1993 年创办中国第一家性用品商店，到 1996 年创办第一家教育玩具专卖店。因为都是"中国第一家",在当时没有什么可参考的现成经验,更没有什么市场分析、大数据之类的工具可供参考和帮助决策,依靠的只有直觉。谁想到后来干大了,有了一些影响,要开始总结写书了,才东拉西拽地把自己的一些心得体会和商业理念掺杂在一起,写到了书里,那只是为了让自己的书好卖一些罢了。夜深人静的时候,我扪心自问,总觉得有点对不起读者。

我们靠自己鲜活的直觉干成几件大事之后,就会变得骄傲自大起来,从相信直觉变成依赖直觉,看不起数据分析、市场调研之类的决策手段。直到后来在股市上吃了大亏,我才知道仅靠直觉也是有害。我渐渐地意识到本能不是万能的,它常常是我们最难战胜的对手和敌人,会把我们引向失败。

于是除了"本能万岁"以外,我们还要学会"打倒本能"。而后者比前者难度还更大。

我们总是在潜意识和对手之间徘徊往复,跟跟跄跄地朝前走。依赖本能又管理本能,成为我们人生的一大课题。

创业故事:挑战本能的训练营

"碳9学社"就是这样一个挑战本能的创业训练营,它用一种类似"海豹突击队"的自虐式的训练方法来挑战创业者的各种极限:耐力,抗打击能力,尤其是上台演讲不紧张的能力。

凡是上台演讲过的人都有这样的体会，慌张是由于你知道台下有无数双眼睛在看着你。这种恐慌，是人类在早期的狩猎行为中所形成的。当你被一群凶猛的野兽盯上时，就会有许多双眼睛看着你，然后你就会担心被这些野兽吃掉。几十万年演变下来，人的这种本能就形成了。一旦被目光所包围，人就会觉得心慌，即使再有名的演讲家，在上台之前也逃不过这个本能的驱使。

我有幸和一些如雷贯耳的名家同台演讲，我注意到他们在台下坐着的时候，都会有一些掩饰不住的紧张。记得有一次在一个论坛上，在我旁边坐着一位在中外媒体和讲坛上发表过无数演讲的名人。我注意到他临上台前的几分钟，手竟然在微微发抖，不断地摆弄着一支圆珠笔。如果不是我亲眼所见，我怎么也不敢相信，一个经历过那么多大场面的演讲名家，上台前竟也会这样。

"碳9学社"让学员把一个又一个的创业项目编成小品上台去表演。前十分钟的时候，台下的观众不允许出声，但十分钟以后，如果台下的观众觉得这个小品不吸引人，就可以当众提出指责和批评，用他们的行话叫"拍砖"。本来上台表演的人就已经很紧张了，当台下一块块"砖头"拍过来的时候，他们还要咬紧牙关把作品演完，又要打动别人，拿到投资，其难度可想而知。很多表演小组就在这种多重压力之下彻底垮掉了，当大课结束的时候，经常能看到有些学员当众抱头大哭，可见这种压力是非常大的。

用这种自虐式的方法挑战自己的本能，对于创业者来说是一种培养心理素质的好方法。

2017 年夏天，"碳 9 学社"组织了一次步行穿越戈壁沙漠的活动，其目的也是向自己的极限挑战。一百多公里荒无人烟的戈壁滩，烈日炎炎，酷热难挨，人站在那里都会感到像蒸笼一样，就更别说背着几十斤重的行李，一步一步地去走完那一百多公里的路了。

但是"碳 9 学社"的学员们，不仅无一掉队，还获得了这次大赛的多个奖项的冠军。他们当中有一位叫张继之的同学，在行走中膝盖扭伤，出现积水，疼痛难熬。这是他以前做职业运动员时留下的伤。有几次走着走着，他发现前后已经没有人了，只剩他一个人面对着茫茫无际的戈壁滩。他带的 GPS 导航仪没有电了，手机也没有信号了，这对人的本能的挑战几乎到了极限，但他硬是拄着木棍走出了人迹罕至的大沙漠，到达了终点。

他回到北京后，我去采访他。当时，他的腿还没有好，他是拄着拐杖来的。他告诉我，当一个人把自己逼到极限时，脑子里面会出现幻觉，只有一个念头就是"坚持活下去"，哪还想着什么漂亮的口号啊，唯有靠着自己的本能和最后那一个不动摇的信念支撑着。他告诉我这和他在"碳 9"经历过的自虐式的学习有关，否则在那种生死攸关的时刻，他也许真的就坚持不下来了。

作者感言

创业是一个不断战胜自己本能的过程，因为你的很多本能会阻碍你取得成功，比如贪婪、恐惧、懒散、拖延，这些我们人性中与生俱来的弱点，都会成为我们创业路上的拦路虎和绊脚石。要想战胜这些弱点，必须要有极大的毅力才行，所以说，创业是有毅力的人才能干的事。

口号喊起来很容易，但在现实生活中，不要说改掉自己的大毛病，就是改掉一个小小的不良习惯，也许可能要花上几十年时间。

我每次试着和自己的本能对抗时，总是被打得落花流水，只好屡败屡战，或授权别人来管理自己。

比如，有一年夏天，我特喜欢喝啤酒。但不幸的是，只要一沾酒，我第二天写作的时候，脑子就会变慢，可又特别想喝。为了管住自己，我授权给我的助理，约定只要我喝一瓶啤酒，就罚我一万块钱。

北京的夏天酷暑难熬，我有时候站在冰啤酒面前，真的有些忍不住，甚至宁可被罚一万块钱，也先痛快了再说。事后又特别后悔，于是我把罚金从一万提高到了十万，这下管住了。这样一来，我写作的时候，脑子就不再断片了。我很快就写完了《黄昏亮起一盏灯》和《小球大时代》这两本书，然后长长地出一口气。再想想那啤酒，我的嗓子不痒了。

战胜本能最好的办法，就是把它摘出来，看清它的真面目，然后拼尽全力去战胜它。如果自己实在管不住，就借助外力来管。我试了试，还真好使。

下篇

与魔鬼和天使共舞

30. 从"92派"的下海，到"90后"的创业

创新理念：商业的本质没有变

有一本名为《九二派》的书火了好一阵子，写的是1992年邓小平南方谈话之后，中国第一次创业大潮中那些下海创业的年轻人。

他们经历了中国走向商业时代的第一次巨变，我们今天熟知的股票、房地产、专卖店、大哥大等许多里程碑式的商业项目，都是从那时候开始的。柳传志、潘石屹、王石、牟其中等一大批如雷贯耳的企业家都是那时候涌现出来的。

一晃二十多年过去，当这些"92派"走完了他们商业生涯的两个本命年的时候，以"大众创业，万众创新"为标志的第二次创业浪潮又一次掀起。互联网、社群、众筹、共享经济、VR、IP这些新名词扑面而来，远非昔日能比。

连我自己都不知道怎么就误打误撞地闯进这次大潮中来了，被这些新名词吸引着，常常浮想联翩、激动不已。当我和这些创业者共享创业激情的时候，我经常会把这次创业和第一

次创业进行一些梳理和对比，看看其中的异同。

不管这次创业浪潮多么灿烂诱人，比起第一次创业大潮，它有两条没有变：第一，商业的本质没有变，仍然是商人在做生意，用今天的话叫"创业"；第二，探索商业新边疆的精神和技巧没有变，用今天的话叫"创新"。

"90后"的创业者在面向未来的创业路上，应该偶尔回头看一下第一次创业潮中那些前辈的功绩与教训，少犯些重复性的错误。同时别忘了，我们是个生意人。

创业故事：孩子们心中的梅校长和梅姐姐

第一次在"碳9学社"看到李星梅的时候，我还以为她是一个95后的大学生呢，后来才知道，她已经是专注英语教学十八年的"名教"了。星梅不仅是红太阳教育集团创始人、奥思维尔教育集团 CEO、星梅碳粉会会长、剑桥幼儿英语全国总培训官，她还有一个更大的头衔：西安十余万学生心中的偶像——"梅姐姐"。

如果不是亲眼看到她在几千人的大礼堂里讲课的场景，以及和孩子们热烈互动的场景，我很难想象"碳9学社"的那个文静腼腆的"大学生"，竟然可以爆发出这么大的能量来，干成这么多事情，真是人不可貌相。

"十八年前，当时我的男朋友也就是现在的老公对我说：

你那么爱教育、爱孩子，你为什么不自己办一所学校呢？于是，我就去干了。创业的原因挺简单的，就是因为我爱孩子、爱教育。每当看到孩子们那渴望知识的眼神，我就会觉得，我们只有把全部的心血倾注在孩子们身上，才能让自己不枉为人师。"在谈论过去时，人都会情不自禁地沉浸在对往事的回忆里。星梅也一样。

"第一批我们招来了二十五个学生，一年以后，我们就是当地最大的学校了，还开了一家分校。现在想起来，我当时也太玩命了。有一次生病，我高烧不退，只觉得天旋地转，脚下像踩了棉花，可一想到那满教室的学生还眼巴巴地等着我给他们上英语课，我只好让老公陪着我，打着吊瓶去上课。他在讲桌前找个地方把吊瓶挂起来，就坐在旁边守着。

"其实，我当时也没觉得有多辛苦。没想到几年后，在一场英语大赛结束时，获得冠军的家长可以上台讲讲自己是怎么配合老师去教育学生的。有一个家长代表就上台发言，一句话都说不出来，只是不停地掉眼泪。后来，她哽咽着说：孩子学习成绩这么好，就是因为看见你那次打着吊针去上课，他回来以后就像变了个人似的，不用家长逼着他学，饭碗一扔就到书房看书去了。当时我们都觉得奇怪，这孩子咋变得这么自觉了。直到有一天孩子发高烧，去医院打完针以后，本想让孩子在家休息一天。可孩子就是闹着要去学校继续上课，医生问他为什么要这样。孩子说：我们学校李老师可以打着吊针去上课，我怎么就不行啊？那股天真的倔强劲，连医生都被感动了。"星梅平时语速很快，但讲到这个故事的时候，她的语速却很慢。

"既然你已经做得那么成功，为什么还要二次创业呢？"我每次采访创业者时，都会这样问。

"我现在办学校的理念跟以前不一样了。我以前培训的是英语、数学、语文，不管孩子哪一科的成绩比较差，我们都可以通过非常有效的方法，让孩子的成绩好起来。但一个真正优秀的孩子，不是门门功课都考到一百分的孩子，不都是从清华北大毕业出来的孩子。未来社会需要什么样的能力和素养，绝不是用考试分数来评判的，我们现在所做的就是要培养孩子全面的素养。所以，我现在开始做'全人素养教育'。我来'碳9学社'学习，也是为了开阔自己的眼界。我不能躺在以前的成就上睡大觉啊。"星梅笑了，笑容非常灿烂。

作者感言

现在创业的基本框架就是：找一个好项目，然后做一个APP；如果运气好的话，就会有资金投进来；项目成熟以后，就会有天使基金投进来；然后开始融资，A轮、B轮、C轮，企业的估值越来越高。有的企业在上市之前还在亏损，如果能上市，那所有的股民就成了最后的那个接棒者，如果不能上市呢，那也会有人为所有的亏损买单。

这种所谓的现代化的商业模式，出现的时间有多长呢？最多不到一百年，在中国也就只有不到二十年的时间。在人类漫长的商业史当中，它仅仅是刚刚绽放的那朵新奇葩。

但是，不管这朵奇葩怎样绽放，它终究还是一朵花，它总还是要长在泥土当中的。以互联网为标识的创新浪潮，无论怎样汹涌澎湃，它的商业本质没有变。商业领域最基本的公理、规律、潜规则，也不会因为出现了一项新技术而消失。在人类商业史上出现过很多改变人生活方式的新技术，蒸汽机、电、石油，在量级上完全可以和今天的互联网相媲美，但人类商业的本质变化了吗？不仅没有变，反而显得更加重要了。

现在有这么一种现象，很多"90后"创业，的确非常的轰轰烈烈，那种炽热的激情，近乎有一种悲壮的色彩。当我和他们深入接触的时候，却发现他们沉浸在这种悲壮氛围中的时候，几乎忘了这首先是一个商业活动。许多创业者几乎完全没有传统的商业历练，只凭着那些没有经过太多考验和打磨的新鲜理念，就那么上战场了。不幸的是，大部分人都光荣牺牲，或者是负伤退场了。

生意就是生意，即使披上创业的外衣，它仍然是生意。就连互联网创业最大的受益者马云都这样说：互联网企业有几家赚钱的啊，大部分都在赔钱。

我在这里并不是对创业的新模式产生怀疑，但我记得一位哲人曾经这样说过：一片赞同声中的质疑之声，才是最可贵的，敢于质疑人们的偶像，敢于挑战一切权威。

　　商业的本质没有变，蒸汽机出现的时候，人类选择了"＋蒸汽机"，于是工业革命成功了。今天的人们似乎也应该向那个时代的精英学习，"＋互联网"而不是"互联网＋"。

31. 创业序幕已结束，真正的创业才刚开始

创新理念：创业是场持久战

不久前，我去海淀创业营参加活动，发现中关村创业大街上的人比以前少了很多。两年前，这条街上所有的门脸都变成了创业咖啡厅、创业营、创业孵化器。人多得连座位都没有，人们就站在门外大街上谈项目。经常是有的人下了火车，连旅馆都顾不上找，提着拉杆箱，就风风火火地到这里来，匆忙中穿上的西服连领带都来不及拉直，就开始和投资人谈项目了。晚上，有些人就睡在咖啡厅的长椅上。中关村创业大街彻夜灯火通明。

"这里半年来人少多了。"服务员告诉我。我问其原因，他说，少数人确实在这里找到了资金，到别处租房子做公司去了，而大多数没有找到资金的人，身上的盘缠花完了，也只好再去找一份工作先求生存，自然不能在这条街上穿梭，去忽悠投资人的钱了。

创业故事：小 D 的遭遇

我关注的一位创业者小 D，是从美国知名大学毕业回国的工学博士。他是专门为了创业而回来的，一头扎在中关村创业大街上，开始了自己的创业生涯。

他人挺聪明，可能是书读多了，身上总有一股书卷气。他没有从自己熟悉的专业做起，却选择了做餐饮培训平台。他们团队到我们公司来谈融资的时候，他说了四个小时，PPT 不知道翻了多少页，我都没听懂他在说什么。只觉得他自己很迷恋这个项目，但市场不一定有刚需，算是伪需求的一类，自然就没投他。

当我再次碰到小 D 的时候，他还没有融到资，原来在国外赚的二十多万人民币早花完了，他用父母的房子做抵押贷款一百万，到现在已经花去一多半了。光是请那些投资人吃饭就花了十多万，可他一分钱投资也没找到。"这个市场到底有着多少吃饭从不买单的投资人啊？他们到底有没有钱？"小 D 边说边笑，笑容中透着一丝苦涩。

像小 D 这样的创业者，在这条创业街上不知道有多少。我追踪观察的其他几个"小老总"，情况也和小 D 情况差不多，目前都离开了这条街。他们的项目大都还在融资当中，有的人得到了一些投资，但不是什么投资机构投的，主要是身边的亲戚好友，甚至是父母的积蓄。

他们明白了创业不仅靠激情和胆量，还需要开阔的视野和独特的认知。他们明白了商旅生涯不是梦，终于从"互联网＋"的迷梦中回到了"＋互联网"的大地上来了。

作者感言

我做了很多年的企业，最近又在写关于创业者的书，所以对身边的创业青年关注得比较多。我敬佩他们创业的激情和勇气，心里多少会有几分担心和保守，可能是我老了。

创业的激情过去之后，会有一个漫长而痛苦的过程。经历过这个阶段的创业者，会觉得很正常，而没有经历过这个阶段的初次创业者，当这个阶段到来的时候，会感到很难受，多少有些惶恐和茫然。但这都是我们做一件事所要经历的必然阶段，考验的是人的耐性和苦撑的本事。无需太过痛苦，直面就是了。

如今创业大街上似乎比以前平静了许多，也看不到那么多夹着皮包想在这里淘金的年轻人出出入入，人们的脸上也多了许多平静与坚实。

32. 人是交易的入口

创新理念：从学社到创业加速器

"碳9学社"经过两年多的经营，在2017年的夏天，更名为"碳9加速器"。这种转变和升级标志着"碳9学社"的一次升级加速：从对创业的技巧进行研究和探索，转到对创业者的锤炼和打磨上，这是一个巨大转变，也是"碳9"作为一个创业营，区别和领先于其他人的地方。"碳9加速器"的创始人，把这种区别于其他"创业加速器"的加速器称之为"学习赋能加速器"，让形形色色的创业者在这个加速器中，认知自己、看清自己，从自己的性格出发，找到创业的感觉和突破口。这种性能的加速器在国内还是不多的。

今天，"互联网时代"这个词已经被喊烂了，可又想不出什么更好的词来，至于怎么给这个时代起一个经得起历史考验的名字，这就是后辈们的事了。

不管这个时代叫什么，大家都感到一个新时代已经大步地朝我们走过来了。科技高度发达，人工智能已经把人类逼到几乎无路可退。

时代越是进步，人就越会成为这个时代最重要的作品。在物质极大丰富，被称为"盈余时代"的今天，商品的价格低到接近成本，想靠低价格吸引顾客已经不大可能了。于是，人便成为最有效的交易入口。谁的人品好，有契约精神，可信度高，生意就会向他那里聚集。

创业故事：创业圈里的大姐大

成功的创业者大都有一堆的头衔，李娟也是一样，她是傲娇文化的创始人、MC 创投梦工厂北京城市合伙人、中国首家爱情文化旅游地产"伊甸城"创始人，还是幸福社的女神会员、泰山兄弟会的会员……

虽然头衔一大堆，但是大伙还是喜欢叫她"娟姐"。这样称呼她不是因为她是"碳 9 学社"的"五大美女"之一，更不是因为她年龄比别人大，而是因为她身上有一种大姐的"范儿"，还真能让那些年龄比她大的"大哥们"听她的话。

大家开始对娟子有更深的认识，还是她做"碳 9 学社"大课的主持人、学委的那次活动。

"碳 9 学社"的学员们来自四面八方，大都是怀揣创业梦想，又大都是有过创业经历的董事长、总经理。而"碳 9 学社"呢，又是一个能让人在失控的释放中找到自我的学习营地。许多创业者的压力和茫然会在这个两天的学习中爆发出来，得到一种释放。学员们经常会争论得脸红脖子粗，谁也不让谁，有时还能真真假假地闹出点恩怨是非来。

在这种情况下，做大课的主持人是很难的。有的主持人面对这种混乱和激烈的学习场面，急得直掉眼泪，有的对课堂上出现的炸窝现象显得束手无策。

而娟子却靠着她身上的那股侠气，能够轻松把那些自恃才高的臭小子们摆平。她的主持风格高冷而又热情，幽默而又感性。她引导着这次课一直在一种轻松愉悦的氛围中进行，没有一个人"闹场子"。

课后复盘总结时，大家说到主持人，有人说这是因为娟子太漂亮了，让小伙子们中了她的"美人计"，有人说是她身上那种"御姐范儿"把别人给镇住了。

当时我在现场，感觉她主持一堂课就好像是在导演一部话剧，能让每个人在自己的角色中找到自己。后来我才知道，娟子在中央电视台做过主持人，是见过大场面的，怪不得呢。

就是在那堂课之后，大伙儿开始叫她"娟姐"，久而久之，她的真名反倒被人忘记了。

"爱心和靠谱是这一代创业人的追求和必备的素质。"因为要写创业者的书，像娟子这样素质的创业者我自然不会放过，那次对娟子的采访就从这个话题开始了。

"我从传媒大学毕业以后，在中央电视台工作过很长一段时间。渐渐地，我发现自己的个性不太适合在这样的环境下工作。欣逢创业大潮，我就辞职下海了。可能是我运气好，我第一次进入网易，就是丁磊面试的。"娟子在投资界和传媒界的创业者中，算得上一个成功者了，可她对自己的创业成功的经历却是轻描淡写。

"2008 年汶川地震的时候，你作为志愿者去救灾，还说服合伙人卖掉了一家公司，把所得的一千五百万拿出来捐给了灾区。你在灾区待了一个多月，救助了许多在地震中失去父母的孩子，还认养了他们。你为什么要这么做？"我曾经在媒体上看到过关于她的这篇报道，没想到后来认识了她本人，于是就问她。

"在创业和成长的道路上，我得到过太多的关爱，父母、亲人、朋友，有时甚至是一些不相识的人。我觉得自己得到了太多而做的又太少，生活对我来说应该算是厚爱了，我不能一个人独占这么多呀。我要把这些爱传递出去，给那些同样需要关爱的人。"娟子如是说。

"可能我还算是有爱心，做事也还算是靠谱，所以很多朋友都愿意和我来往，公司也就越做越大了。"娟子帮助过很多人，不仅帮他们找项目，还帮他们拿投资，在创业界有"链接女神"之称。她创办的"傲娇文化"，是一个从事文化的 IP 工厂，孵化出了很多有影响的文化项目。

作为一个美女创业者，我很想听听她是怎么接受爱和传递爱的，更想听听关于她的爱情故事，听听她这些年在创业江湖中的恩恩怨怨。可惜那天时间不够，我们约好过一段时间再进行一次深度采访，她会把她最刻骨铭心的爱情故事告诉我。

几个月不知不觉就过去了。一天，我接到了娟子的电话，我本以为会是约下一次的采访时间，听她讲自己的创业和爱情故事。她却声音很细，带着几分羞答答的口吻对我说："文老师，我怀孕了，好像有点像流产的先兆，这两天我不敢出去瞎跑了。"她再没有那种大姐大的豪气，温柔的语气中掩饰不住一种即将做母亲的幸福。

再后来，我在微信群里看到娟子生的一对双胞胎。我还没来得及对她的爱情进行采访，娟子已经做母亲了。

祝福的话和红包像雨点一样落在了聊天群里。

以后的娟子怎么带着两个孩子去创业，来管理自己的公司，这些故事只能留给下一本书了。

这就是新一代的创业者。他们有梦想，敢拼、敢干、敢闯，但同时他们又极具爱心，并不是把赚钱放在第一位。我见过许多创业者，在公司还很困难的时候就开始做公益，比起1992年那次创业潮中的创业者，这代人已经有了很大的不同了。

作者感言

大家在购物时，都有过这种感觉：在家门口的菜市场买菜，或者去国外旅游，各个摊位或者各家旅行社的价格都差不多，有时候你选的卖家或商家甚至还要稍微贵一些。但是如果卖菜的小老板给你留的印象好，旅行社负责和你联系的销售经理商业素质高，你就会相信他，会毫不犹豫地和他进行交易。

如果我们把人看作商品的话，那么人就是这个世界上最昂贵、最无可代替的商品了。

不管是在华尔街，还是在硅谷，现在许多投资家并不只看项目本身如何如何，因为那些投资家其实也不一定看得懂项目，他们首先看人的素质，在看人上，他们有着一双常人没有的"火眼金睛"。

所以，我们在学会识人本领的同时，更要学会做人。人的"质量"成为我们能够战胜机器人的最后法宝了。

33. 一个人的千军万马

创新理念：美国海豹突击队的作战模式

前两天听一位朋友说，现在有的创业者得了一种"装"病，明明是一两个人，却说得和千军万马似的，装到后来连自己都信了。

这种"装"，是一种极大的不自信，现在靠千军万马去创造成功的这一页历史已经翻过去了。

美国特种部队"海豹突击队"的作战模式，早已不是千军万马了。他们一般是几个人为一组，配备最先进的武器，可以出现在任何地方作战。这背后是一个强大的平台在支持着他们，随时有炮火提供支援，进行精准打击，短时间内调动直升机救援。这种配置和布局，使得美国海豹突击队成为最有战斗力的"工作室"。

当我们进入互联网时代，我们身后也就有了平台。类似于"海豹突击队"那样的工作室日渐兴起，一个人有时就是千军万马。许多事就是一两个人在一间屋子里干成的。

创业故事：一个人就是一家公司

潘盼虽然才是一个二十八岁的姑娘，却是创业战场上的一名老兵了。她在电视台当过外景主持和编导，在新东方当过老师，玩过直播，是教育圈的一枚小网红。

在"全民创业，万众创新"的大潮掀起时，她辞掉新东方老师的职务，靠做竞赛学习的APP，拿到了自己人生中第一笔风险投资。2015年，她又成立了"觅思投资策略"，开始做行业研究，基于行研对大趋势的分析，忙里偷闲还能去炒炒房，靠着父母给的那点首付起家，现在已经持有三套一线城市的住房了。

这就是新一代创业者的众生相。

远在山东的爸爸妈妈总爱说她"像风像雨不专一"，而她却说："时代这辆车开得太快，行业的生命周期越来越短，怎么专一呀。只能是跟着感觉走，唯一的专一就是不专一。"

时代不同了，一切都在变。

"在我从事的众多行业中，除了在低点买房以外，能拿出来说一说的就是做行业研究了。对于我这个变化多端的女性创业者来说，这是我做的时间最长，也是最有成就感的一次创业。"潘盼说这话时脸上泛起一丝顽皮的笑容，一点都不像个老板。

"你看我不像个老板吧？"我第一次面对面采访她时，她似乎看出了我的疑虑。

"我开始做行业研究的时候，真的只是一个人做，虽然现在是互联网时代，但很多信息仅从网上是获取不到的。许多时候，在一对一的走访中，或是在小型的讨论会上，反而更能获取有效的信息。搞行业研究，最值钱的不是那些公开的信息，而是见微知著，比的是视角和材料来源的真实。我的体会是多聊、再多聊。"潘盼做行研的方法比较个性，不按常理出牌，而恰恰这样，使她在业内开始小有名气，又再次拿到了风险投资。

"你当时没有做过行业研究的工作，客户凭什么相信你能做出有质量的行业研究报告呢？"我多少有点好奇。

"我们创业者要重新认识'谦虚'这个词，要敢于给自己贴标签。如果从心底认为自己能行，你就真行，如果你自己都不相信自己，那就注定什么也干不好。"初次采访潘盼时，我感受到她话语中透出来的那种自信，还真不是装的。

"做行业研究首先要心里想着客户。很多人做这个行业，会编出一些漂亮的数据，投客户之所好，最后把咨询费放到口袋里，挥挥手就一拍两散了。我不会这样做，我给客户提供的，一定是我认为最真实的情况。我会给出自己的多种分析，供客户进行选择。尤其是国外的客户，他们对中国的情况不了解，想赚这些洋人的钱很容易，但我从不会跟风、玩票。人家相信我们呀，我要对得起人家这份信任才行。"潘盼说话语速很快，但表达起来逻辑性很强，有一种一针见血的能力，她做行业研究算是找到了自己的感觉。

"能说说你给哪些大企业做过咨询吗？我想在文章中给

你贴点光鲜的标签。"

"我知道你想给我吹吹牛，让我在书里变得高大上一些。我给很多知名的企业做过咨询，但是我们都有保密协议，不能对别人透漏企业的信息。现在商业间谍太多了，很多知名的大企业，不愿意让别人知道他们开始关注哪些领域，这个光鲜的标签我戴不上了。"潘盼契约精神很强，难怪她能做起来。

"如今我不再是一个人了，公司也开始有了规模，可我又开始不安分了，我想再投资做一个'青少年高水平赛事平台'。教育是很有发展潜力的行业，这还是我在做行业研究时发现的，看来我又要跟着感觉走了。"潘盼如是说。

作者感言

有的创业者，多少还有一些工业时代的大企业情结：喜欢做"办公室帝王梦"，设置很多部门，甚至有意制造一点钩心斗角的办公室政治，然后他来平衡，以巩固自己所谓的权力；喜欢开会，喜欢批阅文件，喜欢场面宏大，喜欢前呼后拥……但是他们却忘了维持这种虚荣的梦幻需要花费很多钱，忘了自己是一个商人，忘记了"收入减去成本等于利润"这样一个商业铁律。

我见过好几家这样的创业公司，最后都倒闭了。昔日的帝王梦化为烟云，员工作鸟兽散，只剩下一堆桌椅板凳和电脑等着廉价处理。

"傻大个儿"一顿吃十八个馒头的农业文明过去了，靠人海战术、一拥而上的工业时代也即将结束，今天的成功更多取决于一个特定的人，在正确的时候做对了正确的事。这个时代对人的素质的要求也到了前所未有的高度。学历、能力、素质、认知、视野、心力也不再是向别人炫耀的装饰品，而是一个人走向成功的必备条件。

现在我真的不敢小瞧一座不起眼的居民楼里所透出的灯光。也许就在这间不起眼的房间里，有那么三五个人，他们在十年后会改变世界。

34. 手艺人和手段人

创新理念：一个手艺人的社会就是好社会

通过手艺做最好的自己，才是一个好社会。通过手段做最好的自己，就是一个坏社会。

那什么叫手艺呢？就是重复去做一件事，积累出来的知识和用语言难以表达的东西，这种知识是累积到身体里面的知识，要靠时间积累和全身心打磨雕琢才能形成。

有位哲人说，西方文化的精髓就是细分，把细分的东西再细分下去，任何一个细分领域都可以繁衍成一门学科，这可能和西方人认识世界的方式有关。他们认为物质是无限可分的，分子下边有原子，原子下边有原子核，原子核里有质子，于是便有了洋枪洋炮，有了计算机，有了宇宙飞船。

美国就是一个手艺人的社会。人们通过手艺和做最好的自己来获得财富和有尊严的生活。比如，在医院里，护士的地位不比医生低。因为大部分的疾病都不是疑难杂症，是要靠护理才能够治好的。护士只要做好自己的专业，就能获得很好的收入。

当我们把目光放在"全民创业、万众创新"的浪潮上，被颠覆式创新、风口、平台、大数据这些新词汇煽动得夜不能寐，进而准备大干一番的时候，抬眼望去，那些以做大著称的西方世界，在网络经济的涌动下，似乎又回到了中国农业社会的状态——推崇手艺。中国的小农经济生产形态绵延达几千年之久，近百年来才被西方的工业文明给转变了。现在我们拼命地搞现代化，GDP 上去了，雾霾也出来了。而西方社会却走向了貌似中国小农社会时代的信息文明，成为一个个精致的小作坊和手艺人的汪洋大海。

做一个漫长的商业链中的手艺人，也许将成为创业浪潮的主旋律。中国的手艺人几千年来从来没有神气过，在移动互联网创业的大潮中，他们也许会成为明星。

创业故事：水果先生

"碳 9 学社"是一个极具特色的学习型组织，也是移动互联网时代的手艺人的训练营，它提供一种颠覆式的学习方法，让你在这种学习中演练创业所需要的"手艺"。你学好了这门"手艺"，再去寻找在创业中所需要的新"手艺"。学到一种做手艺人的方法，本身也是手艺。

我最早在北京的大商场里喝"水果先生"的榨汁饮料时，就对其印象深刻。一是因为店面设计比较有特色，二是果汁也比较有味道，商标也容易引起人注意。一年后我去"碳9学社"上课，认识了这个品牌的创始人，后来我们成了朋友。

他叫米登燕，但在创业营里大家都叫他"水果先生"。因为创业营里很多同学都在他遍布京城的店里喝过鲜榨的果汁，店名就叫"水果先生"，久而久之，他的名字反而没人叫了。

米老板和创业营里准备白手起家的初次创业者不同，他是一个富二代。他的家族拥有一个颇有规模的商业帝国，用他的话说："这辈子什么都不干，钱也花不了百分之一。"听他的朋友说，他以前是那种留着胡子和长发，抽烟、喝酒、唱KTV的纨绔青年，人送绰号"米二少"。

他本可以在这种优越的环境中过着舒适的生活，但却选择了创业，人生观和生活方式也发生了很大的变化。是什么原因使他产生了这样的转变呢？米总始终不肯说，我问了他两次，他回答说："改变自己有时候是不需要原因的，我就是想改变一下了。"

他这转变可是够"陡峭"的。他剃掉胡须和长发，同时把抽了多年的烟也给戒了，以前那些在一起吃吃喝喝的朋友、哥们儿也一律切断联系。

"我当时的烟瘾已经很大了，这戒烟比戒饭还难。当时很多朋友甚至家人都觉着我戒烟是心血来潮，是有钱人的一种任性。可我真的是戒了，以后再没抽过，人却长了三十五斤肉。"我那次采访他是在"池记串吧"，我注意到他晚餐很节制，桌上的烤羊肉串几乎没动。

"我选择了做榨鲜果汁这个行业。因为抽烟会影响我的味觉，让我难以分辨果汁之间细微的差别，我经常是一天要喝几十杯果汁。有时候喝得我只想吐，但那也得喝呀，我不喝到想吐，把味道区别出来，顾客就要吐了。"他是那种对自己特别狠，真下得去手"黑"自己的人。这一点很像日本人，动不动就把一件事情做到极致，日本的花道、茶道、武士道大都是这么来的。

"现在，我们在北京已经有近百家店了，团队急速扩张，管理肯定是大问题。以前我总想改变下属，可后来发现根本改变不了，那我只能改变自己，对自己狠，这也是所谓的身教胜于言教吧。"我特别能理解米总的这番话，我也是做连锁店的，自己懒散着，却试图用制度去约束别人，这做法远不如"率先垂范"更让人心服口服。

米登燕在"碳9学社"的那期学员中，是少数几个既会说又很务实的人。记得那次上课的时候，每个人要在舞台上讲自己和自己的企业。他讲得很煽情，讲到高潮处，竟然把自己的上衣都脱下来，秀起了自己的胸肌，并大声喊道："只有煮熟的鸡蛋才能从外边敲破，而从里面破壳的一定是一个新的生命。"脱光上衣这件事也被他说得这么好听，那一刻全场轰动，大伙儿一下子就记住了这位"水果先生"。

那次采访他的时候，我们聊了很久。我看他掏出一个小本子在上面写东西，便好奇地问他记什么。他说："我记一下这里的人流量，吃完烤串的人都想喝点果汁，说不定下一家店就会开在这里。"

很久没有再见到"水果先生"了。偶尔还会看看他的朋友圈,知道他在亚运村又开了一家店,又跑完了 2017 年宜昌国际马拉松赛的全程赛。

作者感言

马云在一次演讲中曾经说过这样一句话:"盲目地把企业做大是一种变态。"

马云是靠做平台成功的,于是中国便出现了无数的平台,就像当年的开发区热一样。很多城市圈一块地就开始招商,可真招到好企业的开发区少之又少,许多城市的开发区,至今还在那里荒着。

有人说世界是平的,你只要比别人高一厘米,你就站到了珠峰上。这个汹涌而来的时代,诞生了马云、李彦宏这样的商业巨子,但同时也产生很多新兴的行业。而绝大多数人的成功,却是在长长的商业链上,做一个精致而有品位的手艺人。和以往不同的是,这些手艺人生产出的产品,不一定是看得见的实物,有可能是服务,是代理,总之是"伺候"市场。用罗振宇的话说就是:"我伺候你这段儿,你就是国王,可以买到越来越细的服务。"

靠手段、控制、计谋和倾轧去做买卖的年代,随着互联网的出现，早就逐渐远去了。你可能不再需要和别人竞争，你可以在全世界范围内，自由地调动资源。你的对手也许不在业内，同行也不再是冤家。所以现在最受人尊重的，不再是什么董事长总经理，而是作品人。能不能拿出好的作品摆到平台上，提供给社会，换得应有的报酬，这个才是如今成功与失败的新的分水岭。

我们不能小看那些居民楼窗户中的灯光。也许就在这样一间十几平方米的房子里，就有一个工作室在做着一件看起来很小的事，也许是一本书、一个软件，甚至是一个构想，但第二天就会被网络成百上千倍地放大，创造出难以估量的价值来。

35. 编织苦难的力量

创新理念：耶路撒冷的哭墙

全世界创新的"圣地"据说有两个地方，一个是美国的硅谷，一个是以色列。

那次去以色列，给我留下印象最深的并不是它们的科技创新，而是犹太人的那部苦难史。这个世界上还没有哪个民族像他们那样受过那么多的苦难，他们没有祖国，流亡了两千年之久。他们最后穷得连国家都没有，完全没有一寸土地，所有的人都在世界各地流浪，还经常受到别人的追逼甚至屠杀。仅第二次世界大战期间，希特勒就屠杀了六百多万犹太人。

如果换成是别的民族，可能早就灭绝了，可犹太民族居然奇迹般延续了下来。在 1948 年结束了长达两千多年的流浪期之后，他们终于有了自己的祖国，还把以前的古希伯来语改动了一下，变成了自己的语言。改编后的新希伯来语很难学，但它传承了古希伯来语的理念，不像古埃及语，虽然还能见到文字，可连学者也完全不认识了。

只有去过耶路撒冷的人，才能在矗立了几千年的哭墙旁边，感受到这股神秘的力量。

《人类简史》的作者尤瓦尔·赫拉利就是个犹太人。他在书中告诉我们，犹太人这种顽强的生存能力来自两点：一个是他们心中有理念，一个是他们头脑中有故事，也就是《圣经·旧约》里的那一整套观念和故事。他认为人类的历史就是讲故事的历史，因为有故事就有了梦，就能够聚集十几亿人合作去干一件事，这一点是任何其他动物所没有的。

而观念是你在一个时代对问题的认知水平，犹太人就是靠着观念、故事才得以延续至今的。他们相信虽然现在没有土地，但终会有土地，虽然现在没有国家，终会有国家。

如今有了国家的犹太人，又在创业和创新上走在了世界的前列。他们许多高科技产品的水平堪称世界第一，和美国难分高下。我去考察时，那里的创业者给我最深的印象是，他们有一种宗教感。

创业不仅是关于科技的，它和科学、哲学、宗教交织在一起，有人把它称之为创业的思想市场。而犹太人有理念、会讲故事的文化特质，在创业的思想市场当中，有了传承，更被年轻的创业者发扬光大。

他们在为很多项目融资时，不是在投资人面前展示一堆干巴巴的数字，而是会讲述一些很生动的故事来打动你。比如说要到山里去打猎，他们不会说"山里有老虎，我们可能会被吃掉"，而是会说"山里有美丽的姑娘，会被老虎吃掉，我们要去把它打死，把这个美丽的姑娘娶回家来"。于是，他们为解救这个姑娘，而不是为了打死老虎发明了枪，有了枪，打死一只老虎，并不是特别难的事。至于你最终娶没娶到这个姑娘，那就是另一回事了。如果姑娘没娶到，这个故事还会一直讲下去。就是因为这个没娶回家的姑娘，很多人聚合在了一起。

从某种意义上来说，创业的成功与否，不仅仅在于你的科学技术有多高，还在于你是否会讲故事。我们把这种能力庸俗了，还给它起了一个响当当的名字叫"忽悠"。讲故事和忽悠不同，就像生活和活着不同一样。

创业故事：学会讲故事

"碳9学社"非常注重培养学员们讲故事的能力。从大课选题开始，就会让大家去准备一台节目，或者是围绕这个项目去编一个故事，最后整个小组把项目做成小品，拿到大课上来汇报演出，看他们编的这个故事能不能打动投资人。这个创业小品从选题到最后完成，一般要花费半个多月的时间。这期间，每个小组都是日夜奋战，用同学们的话说就是"磨课"。每次到汇报演出时，总会有一两个小品编得特别好，有的诙谐，有的幽默，有的带着一点点荒诞和调侃。后来我发现这些小品编得好的创业者，大都拿到了投资。

"碳9学社"的冯新老师将这种学习方法称为"输出强制

带动吸收内化"，这可算是国内首创。

作者感言

那年我去耶路撒冷，走在耶路撒冷那条著名的哭街上，想象着耶稣满身血迹，一边背着十字架，一边遭受鞭打，一步步走向死亡的场景。在那面著名的哭墙面前，我仿佛亲眼看到，无数流亡的犹太人在这座墙面前祈祷哭泣，祈盼上帝让他们有自己的祖国。

我心想：都说中华民族灾难深重，犹太民族比我们的苦难似乎更深重。我们虽然有时候要"被迫着发出最后的吼声"，但是我们有祖国，我们爱她、建设她，我们在这里休养生息，不管怎样，总还是有个家。犹太人连祖国都没有，他们流浪在世界各地多少个世纪，直到1948年才勉强找到一块地方重建自己的祖国。

一本名叫《虚构的犹太民族》的书，作者是施罗默·桑德，他是一位历史学教授，祖辈都是正宗的犹太人，据说他还是二战大屠杀幸存者的后裔。

可是，这位正宗的犹太人，在这本书中亮出的观点，却有点太与众不同了。他说，那些我们所熟知的犹太人的历史，其实大部分都是虚构的。而那些所谓犹太人的"苦难史"，也并不完全是真实的，而是从无数历史碎片中拼接、杜撰出来的。

比如，犹太人的流亡，其实仅仅是一小部分犹太人的遭遇，并不是全部犹太民族的处境。但是这部半真实半虚构的犹太人的苦难史，就成了二十世纪犹太复国运动的主要依据。

在商业世界里，大家其实也会不自觉运用这种讲苦难故事的手法。今天很多英雄式的企业家，他们流传最广的故事，往往是他们曾经遇到过难以想象的困难，经历过一般人未曾经历的坎坷，然后凭借着自己的毅力和品质，九死一生，度过了重重危机，才有了今天的伟大和光荣。

所以，找到一个苦难的故事，让人们一起同仇敌忾，这是人类惯用的手法。

著名犹太历史学家赫拉利在《未来简史》中说，人类文明的基础就是我们可以构建共同的理想。而描述苦难的意义，是能够建成共同想象的最好方法。于是便有了犹太人近两千年的流亡，也有了"孟姜女哭倒长城"这样的故事，这些故事的真实性无法考证，但它们所产生的凝聚力却难以估量。赫拉利在北京做演讲时，几千人的会场座无虚席。当他演讲完以后，我有机会和他握手合影，我注意到他的目光极其深邃和孤独，犹太人的智慧和沧桑都在他的目光之中。

我在1993年创业的时候，做过几个项目，损失了一点钱之后就果断放弃了，但远没有伤筋动骨，更没有陷入什么灭顶之灾。后来创办中国第一家性商店的时候，我做梦也想不到突然一下子就火了。我的性格属于比较谨慎的那种，不太相信"蛇吞象""四两拨千斤"这类的鬼话，反倒牢记着我打乒乓球时的体会，发球的时候最好用到六七分力，如果你把力量用足了，球反而不好打了。

所以，即使在我的企业红遍大江南北的时候，我也是谨慎小心地做人。就这样，二十几年来，我一直都走得顺顺当当，真没碰到过什么过不去的坎。但是有时记者来采访的时候，也经常会把我碰到的一点小困难，添油加醋地说成大苦难。这样写出来的故事确实挺好看，连我自己有时候都会被这种杜撰出来的苦难所打动。因此我总是告诉自己，我在商旅生涯上顺风顺水，成功来得太顺，不像别的企业家那样经历了那么多的坎坷。

这多少让我有点不自信。

现在我终于明白了，有些苦难并不存在，而是根据需要刻意渲染和杜撰出来的。有的企业家确实是起伏跌宕、九死一生，但这并不是所有创业者的共有特征。如果你顺顺当当地成功了，你应该感谢上天赐予你这么好的运气。明白了这个道理之后，我就可以用一种新的视角去看待"苦难"这个词汇了。

人类的历史其实就是一部讲故事的历史。历史一词英文叫history，拆开这个词就是 his 和 story，而 story 的意思就是故事。

36. 发现自己的"核心劣势"

创新理念：核心劣势与核心优势

人们常说，如果一个人在大学毕业时，还不知道自己的"核心优势"是什么的话，就很难干成大事了。

我们要找到自己的"核心优势"，也就是所谓的"天赋点"。

我们读书、学习的主要目的之一就是要找到这个点。可当你费尽力气，终于看清了自己的长处时，你同样会发现，你的"核心劣势"也伴随着你的天赋来了。

有"核心优势"，就会有"核心劣势"。自信的人，会对自己的"核心劣势"进行建设性地修补。

比如一个瞎子，看不见东西就是他的"核心劣势"，但这个"核心劣势"往往使得他的听觉超乎常人。电影《听风者》中梁朝伟演的地下党员，就是个瞎子，但他却能用耳朵听取敌人的电码，并进行破译。当他的眼睛被治好以后，这种能力就消失了，从而使他最心爱的恋人和战友牺牲了。他悲痛万分，竟然又把自己的眼睛再次弄瞎，于是他这种奇特的能力又恢复了。

我们在生活中经常可以见到这种现象。比如口吃的人成为演说家，中国古代"四大美人"，有的牙黄，有的溜肩，有的狐臭，有的脚大，各有各的缺陷，但她们都把这些不美的劣势转变成了优势，而"青史留美"。

我们有一种错误的观点，我们不愿意也不会把自己的"核心劣势"转变为"核心优势"，使自己在竞争中取胜，而是用一种很拙劣的方式去掩饰自己的"核心劣势"。长此以往，这样的人势必会非常悲惨。他的大部分努力都是在做一件事情，那就是尽可能地显得比自己的真实状态要好。用一个通俗词语形容就是"装"。

创业故事：挽着老公创业忙

睢雅是"碳9学社"创业营中的"五大美女"之一。创业的小伙子哪有那么"正人君子"，评论评论班里的漂亮女孩儿，也是寻常事。颜值也是创业过程中必不可少的元素，其作用在今天展现得淋漓尽致。

可是睢雅却让这些心怀不轨的小伙子们失望了，她虽然美得让人浮想联翩，但总会把她的老公挂在嘴边，基本上是走到哪儿说到哪儿。我们都见过她老公，很少说话，像一个武士，忠实地守护在她身边。

"2010年冬天，北京关闭了动物园批发市场，那天雪下得特别大，我第一次创业的热情也在这漫天大雪中被冻得冷冰冰的。我看着那一箱箱没有卖完的衣服，在川流不息的人群中寻找着自己。以后怎么办呢？"说起第一次创业的失败，睢雅笑得很坦然，可能是已经过去很久了，不那么难受了吧。

"在茫茫人海中，身边只剩下我老公，他鼓励我，我也鼓励他。我们在那一刻，定下了第一个五年计划：买车、买房。为了实现这些目标，我们开始了二次创业。"睢雅很坦率，她不惮于承认创业就是为过好小日子，这点不像有的创业者，两手空空却整天喊着"横枪跃马平天下"。

"我看你很爱你老公，能讲讲他吗？"我问睢雅。

"每个人选老公的标准都不同，女孩子嫁人是一辈子的事，自然会慎之又慎。我选老公是为了方便创业，他需要有责任心、顾家、包容我。创业不是一个人的事情，我属于那种目的性很强的女人，知道自己要什么，不会人云亦云。"说起自己的老公，睢雅有些眉飞色舞了。

我在创业营里，还是第一次听一个美女，如此一往情深地讲自己的老公。都说女人永远需要更多的爱，男人永远需要更多的性，这话也许对睢雅不合适。老公对她的爱，她感到很满足。

"我和老公制定的五年计划如期而至，我们有了房，有了车，有了孩子，我那压抑许久的创业热情又开始燃起了。在家人的一片反对声中，我还是任性地选择了离职创业。老公知道拦不住我，就尽量劝我别折腾得太狠。可孩子还小，我创业后又要经常出差，对儿子的歉疚常使我整夜无法合眼。我知道我欠孩子的，可我仍然无法抑制自己的创业热情。我一咬牙卖了房子，老公留守郑州，我带着孩子搬到另一个城市，以联合创始人的身份开始了看似荒诞的第二次创业。"睢雅说到这儿，刚才她那种欢快的语气没有了，眉宇间略带出一丝伤感。

"我的第二次创业以散伙而宣告失败。2015 年这次创业就像一个熔炉，烧掉了一套房子，却锤炼了我决心持久创业的心态。

"2015 年以后，我的第三次创业开始了。正当公司稍有起色的时候，一个联合创始人带着整个技术团队出走，另立门户去了。这件事对我的第三次创业无疑是重重的一击，让我长时间陷于负面情绪的泥潭中难以自拔。我除了伤心就是委屈，甚至开始怀疑起自己来。"

睢雅说到这次经历的时候，眼泪就在眼眶里打转。我不好意思总盯着她这张美丽的脸看，赶忙把目光移到别处。

"就在我走投无路的时候，站在我身边陪伴我的，还是他——我的老公。他还是那句话：'接着再干吧，我在呢。'他是唯一能够让我在他的肩膀和胸膛靠一靠的人。而每当这个时候，我会感到一种莫名的欣慰和踏实。"睢雅说到这儿，再也抑制不住内心的激动，泪水哗哗地流了下来。我赶忙拿出一张纸巾给她。她接过纸巾却并没有用，任由泪水在她那张生动的脸上流淌。

那次采访过后，我再没有见到过睢雅。前一阵子，我在微信朋友圈看到了她的消息，她又信心满满地开始她的第四次创业了。

不知道在创业道路上，睢雅会不会还有第五次、第六次。她也许会成功，也许会失败，而跌跌撞撞、聚散离合，正是创业者的常态。但我相信，不管创业的道路如何泥泞坎坷，她老公一定会一如既往地相伴在她身边。

经常看到因为创业导致家庭矛盾日益尖锐的创业者，也有不少为此而离婚的人。如何平衡好创业和家庭的关系，把创业作为爱情和夫妻生活的升华和延续，这对于所有的创业者来说，是一个绕不开的话题。

作者感言

想想挺好笑，睢雅创业的"核心优势"不是什么深奥难懂的理念，竟然是她老公的守护和支持。

当我们费尽力气而无法找到自己的"核心优势"的时候，或许可以换一个思路，从自己的"核心劣势"入手试试。你的劣势也许恰好是你发现自己优势的一条捷径。

人有优点，同时也有缺点，就如同大自然中的益鸟与害虫一样，既是一对天敌，又互为对方存在的前提。没有自私，就没有大公无私，没有怯懦，勇敢也就失去了意义。

英国社会生物学奠基人之一里查德·道金斯，在他的代表作《自私的基因》中指出，人的优缺点是由他身上的基因所决定的。人的自私的缺点是因为人身上根植着自私的基因，男人喜欢战争是因为其身上天生就有一种攻击基因。所谓天才，只不过因为其基因排列与别人不一样，绝不是后天努力的结果。每个人因为基因排列不同，所呈现出的外观和性格就千差万别。决定这些特征的基因可以变异，却不能消除。人在一段时间内可以靠意志改正自身毛病，但不能根本消灭，除非做手术。但人类科学还没有发展到对自己的基因进行手术的程度，所以人是不能改变的。

我们一生都在改正缺点中度过。小时候父母批评我们，长大后领导和朋友提醒我们，独处时我们进行自我暗示，大都是一句话：改正自己的坏毛病。可当我们在人生道路上走了一大半之后却发现，我们与生俱来的缺点，甚至是一个很小的缺点都没有彻底改掉，更不要说尽善尽美了。于是我们苦闷，埋怨自己没有毅力，又开始无休止地改下去。我们的优势，也会在这无休止的矫正中被一点点削弱。如果我们换一个角度，把改正缺点所耗费的时间和精力，投入到加强自己的优势上，这样就会取得更大的成就。

我在这里的一通胡言乱语，不是要对自己的缺点大唱赞歌，而是因为在创业的修行中，我活得越来越明白了：自己和这个社会有着太多的残缺，而这残缺不一定都是坏事，缺点和优点就像是一对夫妻，吵吵闹闹，但还得在一块过日子。要想彻底改掉自己的缺点几乎是不可能的事，不仅没必要，而且说不定还会产生副作用。既然这样，我们就宽容和善待自身的不足吧。

37. 与魔鬼和天使共舞

创新理念：孤独的创业人

常言说"不疯魔，不成活"，可见"魔"从来没有远离过我们的内心。

今天的创业者，他们的激情、梦想像是一场风暴，"呼"的一下就刮了过来。一切都来得那么突然，似乎并不那么顺利，这使得这一代创业者更容易受到"魔"的攻击，而倒在创业的路上。

如何对待我们心中的"魔"呢？

在我们每个人心中，都有着各种各样的"魔"，有贪婪，有恐惧，有从众，也有愚昧。你成功与否，很大程度上取决于你能不能把这些"魔"关在笼子里，让它们在一个适度的范围内活动。魔鬼一旦跑出我们心灵的笼子，就不再受我们的控制，"群魔乱舞"一定会把你引向失败和毁灭。

彻底消灭自己心中的魔鬼，这是人类一种天真的幻想。我们只能在向贪、嗔、痴、恨臣服的同时，努力把它关在笼子里。

创业可分为"热闹型创业"和"寂寞型创业"两种。现在遍地开花的创业营、创客空间、孵化器，大多属于第一种。许多不知路在何方的创业者在这里聚集，抱团取暖，通过各种 APP 显示自己的存在，看起来热闹极了，灯火通宵达旦，人员川流不息。那种生动的场面让每一个走到这种氛围当中的人，都会情不自禁地豪情万丈。

一千个人稀里糊涂地走向死亡，要比一个人孤独地走向新生容易多了。

创业者实际上是非常孤独和寂寞的，因为他在做别人没做过的事儿，是在探索商业的新边疆。除了自信，他还要忍受常人难以忍受的孤独。我们经常在电视里听到皇帝讲"寡人如何如何""孤怎样怎样"，可见皇帝是孤独的。皇帝也在创业，他的公司就是这个国家。

创业故事："钱"字的写法

"碳 9 学社"就是一个努力把"魔"关进笼子里的创业训练营。它用一种"去教师化"的教学方式来培训学员：课堂上没有老师，或者说每个人都是老师，师生的角色处于频繁的互换当中；每个学员在这种氛围中找到独立的自己，锻炼自己不从众的能力。

在创业大潮中，我们必须要做好两件事，一个是看市场，一个是看自己。在不知不觉中，我终于体会到了为什么"钱"

字会这样写，它的左边是一个"金"，右边是两个"戈"，一把"戈"用来砍杀市场，而另一把"戈"用来剖析自己。我到底适不适合创业，我所认定的市场到底是真实的市场，还是假想的市场。我们心里的"魔"有好多种，我们都要——认清，否则，它们经常会跳出来折磨你，尤其是在你困难的时候。

在创业营里，绝大部分创业者并没有从这里走向成功，许多人甚至接连失败。许多学者和创业成功的大咖指出，大学生不适合直接创业。我们且不论这个观点对与错，但有一点可以肯定，刚刚毕业的大学生受年龄和阅历所限，还没有学会和自己心中的各种魔鬼相处。他们或者曾试图把心中的魔鬼灭掉，或者在魔鬼面前没有抵御能力，但他们没有几个人能把心中的"魔"关在笼子里。既让它存在着，又不让它肆虐，和它友好相处。用今天的话就叫作"和谐、友善、团结一致向前看"。

作者感言

在成功的欢乐和失败的痛苦中，我隐约觉得，人是不可能让自己不出现杂念的，所以靠意志的力量是很难驯服我们心中的魔鬼的。很多人说"战胜自我"，但这是个伪命题。在无数次比赛的关键时刻，尤其是在大比分落后于对方的情况下，我很想战胜自己，但大多数情况下，我都败下阵来。有几次，我甚至把自己逼到了极限，但我仍然没有能力战胜自己。

我隐约觉得，人是不可能完全战胜自我的，除非我们依靠自身以外的力量来管理自己。这就像人不能揪着头发使自己的双脚离开地面，再好的医生也治不好自己的病。我们需要一个支点，然而这个支点一定不在自己身上。

把自己心中的魔鬼彻底消灭掉，这似乎是人类一种天真的幻想。

给魔鬼一块天地，并与它和平相处，不要想着彻底灭掉魔鬼，否则它会与你同归于尽。找到把魔鬼关在笼子里的那把锁，才是我们一生要做的最重要的事。

为什么乒乓球运动员在参加比赛时，后边一定要有个教练呢？教练在整场比赛中，只有一次喊暂停的机会，大部分时间里，他都是面无表情地坐在那里，但场上的运动员却会因此而定下心来。

为什么医生治不好自己的病呢？即使医生很擅长医治这种病，他也要找一个他信任的人作为主治医生。

为什么一个成功的人身边都会有一个志同道合、心心相印的伴侣呢？这是是因为，对方正是那个能看清和管住你心中的"魔"的那个人。如果遇到了这样的人，是你一生的福分。如果遇不到这样的人，我们一样可以朝前走，那就把你的心交给上天，他是专门打理人们的灵魂的。

"有竞争的地方就有迷信，有冒险的地方就有宗教"，这就是锁住我们心魔的那把锁。可说到容易做到难，往往是一个闪念，潜意识中的那个笼子就打开了。

38. 编辑的思维

创新理念：编辑的思维

寒冬，北京又是大霾。

可在芳草地的中信书店里却挤满了人，因为台湾的詹宏志先生要来这里做演讲，演讲的题目叫《编辑的思维》。

詹宏志的名字可能很多人不知道，他可称得上台湾历史文化的宗师级人物。他不仅发现了柏杨、李安、罗大佑、潘越云等如雷贯耳的人物，还创办了在台湾极有影响的"网路家庭集团"和"城邦出版集团"，目前还运营着台湾最大的门户网站和网购平台 PChome，被尊称为"台湾文化界的教父"。

"在这个新时代到来的时候，许多行业都多多少少在互联网的冲击下走向衰败，而各个行业中的手艺人却更值钱了。例如编辑，是出版行业的手艺人，不仅没随着出版行业衰落而消失，反而演变升级成了炙手可热的手艺人了。与此同时，还冒出许多我们一时叫不出名字来的新行业，转型时代的光亮与伟大之处就在这个地方。"詹先生开篇如是说道。

为什么说出版社、报社里面有"编辑思维"的编辑更值钱呢？如果编辑的根本职责是在读者和作者之间架起一座桥梁的话，那么新时代的编辑的职责就是在知识和读者之间架起一座桥梁。如果作者的作用是告诉读者"我有什么"的话，那么编辑的职责就是发现"读者想要什么"。在求知的路上，只要有求知者出现的地方，就应该有编辑。

具有"编辑思维"的编辑是传统编辑的升级版，虽然只有少数人能够升级成功，但这一定代表着编辑的发展方向和未来趋势。

如果从这个视角看，《大英百科全书》需要编辑，搜索引擎也需要编辑，因为它们都是读者和知识之间的一座桥梁，而百度和微信已经成了新的出版业。在这些新兴行业里，许多人本身就在做着编辑的工作，只是名称变了，叫程序员、网络工程师。他们就是在做着编辑的工作，只是他们自己没有意识到罢了。

创业故事："孩子王"的编辑思维

王赫是"碳9"创业营中被大伙儿称为"孩子王"的创业者。

他的微信头像是他领着一群小孩在玩老鹰捉小鸡的照片。照片中的他和孩子们玩得非常开心，让人忍不住也想跟着去蹦几下。

"我不是师范专业的，也不是学播音的，甚至口才还很烂，创业做口才教育，这不是脑子进水了吗？"那天采访他时，我刚刚坐定，他就说了这样一句话。

王赫是少儿口才在线教育的开创者，"趣口才"品牌的创始人，着重培养孩子的口才和相关表达能力，这所在线学院在业内也算是小有名气了。"碳9学社"中做儿童早教的创业者为数不少，王赫可以算得上其中的佼佼者了。

"我从小笔试能力很强，但口头表达能力差，在许多场合想发言，但又不敢发言。碰到心仪的女孩子，多少次鼓足勇气想对她说'我爱你'，可话在嘴里转了一圈又一圈，最终还是咽了下去。眼睁睁地看着自己喜欢的女孩和别人结了婚。"可能是王赫太喜欢那个女孩了，以至于今天说起这件事来，还有点儿不甘心。

"由于我的口才不好，各种难堪和尴尬的事儿总是缠着我。大学里的第一次公开演讲，是参加学生会竞选。我准备了几天几夜，自认为志在必得，但上台只说了一句'同学们，大家好'，腿肚子就开始哆嗦起来，脑子里一片空白。我觉得自己是张嘴了，可就是说不出话来。最后在一片惋惜、失望、戏谑的目光和笑声中，尴尬地走下了台，最后得票为零。你说这有多丢人现眼。"王赫是个很直爽的人，说起过去那些尴尬的经历，也从不遮遮掩掩。

王赫告诉我：他喜欢孩子，经常到山区参加支教活动。他发现留守儿童普遍比城市里的孩子木讷，智力发育慢。乡村里的小学老师告诉王赫，那是因为家里没人跟孩子们说话，久而久之，孩子们说话越来越少，这种情况直接影响了孩子们的智力发育。

"慢慢地，这样一个想法在我心中形成了：我自己口才不好也就算了，我有责任去帮助那些腼腆害羞、不爱说话的儿童，培养他们的表达能力，尤其是边远山区的那些留守儿童，他们实在是太需要通过这种培训来提高智力了。"说到自己的创业初衷，王赫显得有点激动，胸脯起起伏伏，语速也变得越来越快。

"你这个项目赚钱吗？"看到王赫的公益情怀，我忍不住问他。

"我们为城市里的孩子提供网络口才培训是收费的，一个孩子平均要交三千块以上的学费，所以还是有盈利的。未来我们可以用公益资助的形式，汇聚社会力量，借助网络技术，把最好的口才培养课程免费推广给乡村的留守孩子，他们最需要这方面帮助。"

说到今后的打算，王赫告诉我，他的目标是为全国一亿多四到十二岁的孩子提供培训服务，帮助他们锻炼出口成章的表达能力，掌握表达背后的语言逻辑和思维方式，让下一代孩子比外国小朋友还会说，不再因为被表达能力限制而丧失宝贵的机会。

"为未来的孩子们做事情，这就是我们正在做的项目。"王赫如是说。

所以王赫不仅是"孩子王"，更是一个在知识和读者之间架起桥梁的人，他是一个编辑。

作者感言

如今纸媒日渐衰落，不仅国内报社、出版社日子不好过，国外著名的百年纸媒也轰然倒塌，大家对这些都已见怪不怪。连家喻户晓的《华盛顿邮报》都被低价买走，让多年从事纸媒的才子才女们胆战心惊，担心有一天卷铺盖走人的命运落到自己头上。在这个时候讲"编辑思维"，应该怎么讲？能讲什么呢？我充满好奇。

编辑工作会从纸媒剥离出来一大部分，纸媒将会变成一种艺术形式，就像今天的书法。也许还有人需要纸媒，但在知识的传递上，它一定会越来越不重要。媒介不是固定不变的，在互联网之后，也许会有更多的新媒体冒出来，但只要沟通还在，只要人们还想获取知识，那么编辑行业就不会被消灭。

一个人掏出手机，就能读那么多东西，能做那么多事，有那么多可以获取知识的方式，这些都和编辑的工作有关。如果你看不到这些，那你就不是一个具有"编辑思维"的编辑，你将会随着那些只知道在纸媒行业中爬格子的编辑们一同老去，被时代所抛弃。

今天的编辑，再也不是趴在纸堆里修改稿子的书呆子了，这种"编辑的思维"无处不在。有需要知识的读者，就有编辑。编辑是知识与读者之间的桥梁，在互联网时代更是如此。

39. 创新家、创意家与企业家

创新理念：生母和保姆

创新这个概念是经济学家熊彼特在一百年前提出的。那时候正是工业化进程的鼎盛时期，制造业是那个时代的主题，所以熊彼特说：创新是生产要素的重新组合。

工业革命之后，我们进入了后工业时代，而现在我们已经进入了信息时代。这个时候的创新，不仅仅是生产要素的重新组合，更是数据和信息的组合。

创新的口号我们喊了很久了，但今天的创新已经和昨天的创新不一样了，首先要转变的就是创新这个概念本身。

美国经济学家熊彼特认为，创新是把一种从来没有过的生产要素和生产条件的"新组合"引入生产体系。熊彼特把这种实现新组合的组织称为企业，有企业自然也就有了企业家。

熊彼特认为，企业家的本质是创新，他们是创新的生力军。这个观点在熊彼特那个年代是非常正确的，但在一百多年后的信息时代，这个观点就显得落后了。企业家不再是创新的唯一主体。

在今天这个时代，创新必须先有创意，而有创意的人不一定是企业家。他们有可能是作家，有可能是创意爱好者，有可能是那些坐在咖啡馆里的年轻人。他们的年龄和生命状态正处在人生的巅峰时期，他们是创意主要来源。

创意不等于念头，人脑一天有几千个念头闪过，但几万个念头也不一定会生成一个好的创意，而在千百个创意中，可能会有一个创新项目被做出来。

创新项目一旦确定了，这时候才是企业家披挂上阵的时候。所以人们经常说：企业家是保姆，管养不管生。这就像在一个家庭里，如果保姆又生又养，那就说不清了，用老北京的话叫"乱了营"。

许多企业为了维护既得利益，往往是很保守的，甚至会扼杀创新。日本的柯达是最早发明数码相机的企业，但巨大的企业利润使他们迟迟不敢把这个产品推向市场，结果他们用自己发明的新技术埋葬了他们自己。

也许，人类今天已经发明了治愈癌症的药物，但这些新技术是不是也会像数码相机一样被制药公司花重金掩埋封锁在冷宫里，永远是个谜。

资本是鼓励创新的，但利润不是。

企业家不是创新中最鲜活的力量。

创业故事：创业湿地

"碳9"是个创新湿地，也是一个企业家和创新创意家的社群，这里聚集着很多极具创意创新能力的自由人。但是，按照传统观念，我们没有办法给他们起一个准确的名字，只好套用老概念叫"咨询师"。这个名字虽然略显牵强，但人们基本能听懂，其实应该称他们为创意家、创新家更合适。他们很像是那个怀孩子和生孩子的人，他们对创新很有感觉，不仅有一定的格局和视野，也擅长从雨点般的主意当中，提炼出主意来，也就是那些比较接地气、有可能成活的创业项目。

这种全新的创意家是很稀缺的，但他们却是创业中非常重要的"源头产业"。有些本来很有创意天赋的人，如果自由地发展下去，是有可能成为创意家的，但由于这个行业还非常弱小，他们为了显示自己"根红苗正"，偏偏要办个企业，反而把自己限制住了。

除了创意家外，创新创意的思想家、哲学家、教育家，这些更为罕见的"物种"，在"碳9"这个湿地中，都能见到。"碳9学社"的创办人冯新老师本身就是一个在创业圈子里很有影响的创业教育家。"碳9学社"很像一个原始的丛林，各种各样的动物都栖居在这个湿地丛林中，和企业家、投资家穿插交织，呈现出千姿百态来。

作者感言

创意家、创新家是一个独立的物种和群体，在这个大群体下，又会诞生许多小的新行业，像促动师、沙龙主持人、沙龙出品人、创新的思想市场。总之，一切有利于创意、创新的新行业都会脱颖而出。由于它们是新生事物，所以人们会感到茫然，其实，你已经站在时代前沿了。

把企业家等同于创新者的时代已经一去不复返了，无名无姓的创意、创新每天都会涌现出来。它们虽然像刚生出的孩子，没名没姓，但毕竟已经从躁动的母腹中降生下来了。

同样，我们也很难给创新下一个定义。我们只知道今天的创新和一百多年前的创新不一样了，它是工业时代文明的创新的升级版，是迎着互联网的曙光在朝前走。

用陈旧的理念去理解今天的创新，会让很多人感到茫然，或连遭失败。就像用刀剑去打一场现代化的战争一样，感到茫然还不算严重，全军覆没更是家常便饭。因为你对"创新"的理解本身就已经过时了，时代列车上已经没有你的座位了。

一个新的独立的创业群体正在崛起。2015 年是中国的创业元年，这些人将成为第一代独立创新的鼻祖，他们都将会在中国创新史上留下浓墨重彩的一笔。

40. 向熊学习

创新理念：创业与仿生

在熊和熊猫身上，我们悟出了创业之道。

熊的分布很广，不仅在低纬度地区，而且在很多类似北极这样的高纬度地区，熊也能够生存下去。但接下来的问题是，这样一个庞然大物，每天要吃多少东西才能维持自己的生存呢？熊很聪明，它主动把自己放在食物链的底端，用一句大白话说就是：什么都吃。

熊不仅吃肉，它还吃草。它能够捕捉海里的鱼，它那双大熊掌真的能够剥开核桃这类硬壳类的果子。所以在虎豹这类食肉动物几乎绝迹的情况下，熊这种大体量的动物不仅没绝迹，还顽强地活了下来。它的生存能力，超过了虎、豹、狼这些食肉动物，熊似乎是仅次于我们人类的"不挑食"的动物。

熊还有一项生存本领就是冬眠。在北极那样严酷的环境下，当什么也找不到的时候，它们就开始睡觉，睡过那个漫长的冬天。

而熊猫作为熊的一个分支，却走了一条和熊不同的进化之路。两千多万年前，地球气候变冷，它们开始南迁，走到秦岭这个地方时，怕热的熊猫找到了只有在低纬度才能生长的竹子。竹子的特点是四季常青，这些熊猫的祖先，当时一定大喜过望，觉得自己是到了天堂，于是它们在舒适的环境中放弃了吃肉的天性，而专吃竹子。由于竹子的营养价值低，熊猫每天要用十六个小时来进食，以至于熊猫原来的尖脸变成了圆脸，便由此得名"熊猫"。但它应该是像猫的熊，而不是熊猫。

创业故事：攻防转换

在战场上，防守和进攻一样，各占半壁江山。没有防守，进攻也就失去了目标和意义，所以我们应该向熊学习创业精神。它虽然视力不好，但有攻有防，有吃有睡，攻防转换也不含糊。而我们现在的创业企业，不管属于哪个行业，不管创业者性格如何，只会一味进攻，根本不会防守。在创业理论的指导上，也少有关于防守的观点和教材。

"碳9学社"是创业营中最早提出"攻防转换"概念的创业营。它在设置《颠覆式创新》《从0到1》这样进攻性极强的课程以外，还设置了《单点突破》《股权结构》这样带有极强防守色彩的课程，而且还用"自虐式"的学习方法来培养学生的抗打击能力。

"碳9学社"创始人冯新老师说:"如果把'碳9'比作当年的红军,那我们也就是才刚刚到了井冈山,后面的路还很长。中国红军所走的那样一条'农村包围城市,最后夺取胜利'的道路,除了进攻,其中也隐含着一种坚不可摧的防守精神。"

作者感言

中央电视台做过一档节目叫作《动物商学院》,讲的是动物身上的商业智慧。

人类能从动物丛林中走出来,成为这个星球的主宰者,是因为人类有极强的学习能力。直到今日,我们还在向几十万年前我们的"物种邻居"——熊——学习。

我们做企业也应该向熊学习:在不依赖外援的情况下,靠自己的力量顽强地支撑下去。可现在许多创业者所搭建的平台似乎更像熊猫,他们唯一可以依赖的路径就是讲一个好故事,去融资,去借助外力,从A轮融到资,开始融B轮,然后融C轮。现在流行一句话叫"C轮死"。他们像熊猫一样饿死在了生病的竹林里,而靠一个漂亮的PPT就想弄钱的想法,大都是一种天真的幻想。

冥冥中,我们似乎也明白了这个道理:人也是靠着什么都吃,才活到了今天。有一句话叫"人五人六",大概说的就是人的这种生存能力吧。

当一大笔财富出现在你面前，你喜出望外的时候，如果你不保持警醒的话，等着你的可不是什么好消息。

41. 一切坚固的东西都将烟消云散

创新理念：地图与河流

罗振宇老师曾说过这样一段话：创业就像是一个人在森林里面迷了路，那怎么走出去呢？方法无外乎两种：一是试图找到一张准确的地图，图找到了，按着地图的指引自然能走出去；另外一种不是执着于找地图，而是找一个相对靠谱的依据。比如，在森林里比较靠谱的依据当然就是水流了，跟着水流走，也许会走弯路，但肯定不会走回头路。顺着水流走，你也许还会遇到那些来找水的聪明人，大家一起走，就更安全了。这就是说，这些人可以在完全不知道森林是什么样子的情况下，很快地走出森林。

经济学家李杨曾这样说过："全球在经历着剧烈的变化，我们所有的理论也都面临着巨大的挑战，到底会发展到哪一步，我们谁也不清楚。当然，我们现在更应该关注和研究。"

每一次技术革命都会让无数个职业消失，每次一技术革命都会让无数个企业失踪，每一次技术革命都会让很多的行业甚至管理方式出现变化。

创业故事：这里的课堂没老师

"碳9学社"最大的亮点就是没有让大伙儿在迷路的森林里，没完没了地去寻找那张地图，或者是找一些怀揣地图的人指点迷津，而是引导大家去敏锐地发现森林里的那条小河。也许这些事实很微小，或者很隐蔽，但从这些新的事实当中，我们可以进行推演，从而寻找到创业创新之路。

"碳9学社"的突出特点是"去教师化"。每个学员都可以把自己的创业体会、成功的经历、失败的教训毫无保留地分享出来，然后大家一起从这些经历中寻找那条小河。大家一起扶着搀着，而不是一味地找寻那张不靠谱的地图。只要不停地朝前走，说不定就能走出去。

现在卖"创业地图"的人太多了，人们将其称之为"孔雀开屏型人"。他们一照面就把一扇美丽的羽毛展现给你，其实背后是一塌糊涂。

对于那些立志创业的人来说，重要的不是认准一个道理，而是有能力发现新的事实。这样做有两个好处：一是根据事实来调整和修正自己掌握的那些道理，二是能遇到许多同样尊重事实的同行者。这个时代变化太快，每个人的视角又有所不同，那些文化人根据他们看到的事实总结出的道理，等传到你耳朵里的时候，已经过期了，而且对你未必适用。所谓"秀才造反，十年不成"，说的就是那些只相信书上的道理，而不敢相信自己所看到的事实的人。

作者感言

马克思有这样一句名言："一切等级的和固定的东西都烟消云散了，一切神圣的东西都被亵渎了，人们终于不得不用冷静的眼光来看他们的生活地位、他们的相互关系。"

未来三十年，一定会有新的理论出现。大数据会让人们发现市场后面那只看不见的手。这也许是人类的又一次自大，也许是技术真的会发展到这一步。

经济学家亚当·斯密发现了市场这只"无形的手"，于是，过去一百多年来，我们一直觉得市场经济发展得非常好。未来三十年会发生什么，我们谁也无法保证。

42. 甘心做小

创新理念：足够就是大

有一天，我到楼下去洗车，和洗车店的张老板聊起天来。别看那间洗车房很简陋，张老板的商道却不浅。他开过超市，做过熟食批发，也曾是个大老板，可惜后来倒在了"大"上，只保住了这家洗车店。他服务好，收费低，门口经常是车水马龙，有时候还要排好长时间队。当车队排得长了，张老板就劝后边的车到别处去洗，实在劝不走就举块牌子就地涨价，从而把后面的车主逼走。我问他为什么这么做，他说生意不能做得太大，太大了就招事。所以张老板的生意多年来一直稳稳当当，不管周围的车行是红火还是倒闭，他的车行一直是老样子。忙里偷闲的时候，还在门口晒会儿太阳，拉拉二胡，滋润又安逸。

当我试图和他讨论"企业何为大"时，他甩着手上的水珠憨憨地说了一句："吃饱了就行，吃多了会撑出病来。"

马云曾经说过这样一句话："盲目地把企业做大是一种变态。"

我们喜欢用企业的大和小来衡量这个企业的好坏高低，这个标尺今天还普遍存在。我经常会听到别人这样问："你们公司有多少人？"一听说这个公司有几万人，人们一定会觉得它是个了不起的企业，会肃然起敬。如果说这家公司仅有二三个人，人们接过来的名片，随手就会扔进垃圾桶里。

一个专家曾在中央电视台黄金时段播出的一档节目里，极为冷静地说道："企业不要一味地都去争做 500 强，一个国家的企业规模，一定要和这个国家的经济水平大体相当。一个企业的发展规模，又应该和自己的实际情况相匹配，可以稍微超一点点，但不能超得太多。"如果脱离国家经济发展水平和企业实际情况，而一味追求把企业做大，那就如同收破烂的穿了一件皮尔·卡丹西服，还把一条金利来领带系在没穿衬衫的脖子上一样。为了说明西方人如何理解大企业的概念，这位专家还特意引用了一个英文单词：enough（足够），足够就是大。

创业故事：想象力是儿童潜能发展的钥匙

朴龙是"碳 9 学社"中的老大哥，也是"最斯文的学者型"创业者。在这个似乎创业者越来越"痞"的年代，这种儒雅和斯文越来越难见到了。

朴龙在教育领域已经工作了二十个年头，算得上是经历过中国第一次创业潮的"老资格"。钱自然是不缺的，虽然远没到颐养天年的时候，但也人到中年，日子可以过得很舒服。作为第一次创业的成功者，他很受学员尊重。

"你早已不缺钱了，为什么还要创业呢？从体制内下海，是很需要勇气的。"采访朴龙时，我这样问他。这也是我每次采访创业者必问的一个问题。

"我是清华大学毕业的，书应该算读的不少了，重大考试不知道参加过多少场了。我越是觉得自己学问大，就越是觉得这种轻能力重考试的教育体制问题重重。考试制度是作为一种公平选拔人才的尺子，它的目的就是为了体现公平，但却无法体现人的能力。"朴龙在说到教育体制存在的问题时，语气中有着太多的无奈。

"2009年，国际评估组织对全球二十一个国家进行的调查显示，中国孩子的计算能力排名世界第一，想象力却排名倒数第一，创造力排名倒数第五。"所以，朴龙开始围绕儿童想象力进行研究，并作为自己创业的突破点。

"我们从三万多个绘本中，精挑细选了两千多册优秀的绘本，录制成语音故事，家长可以根据主题、年龄、习惯、性格、情绪等，为孩子选择相应题材的经典故事。这不仅培养了孩子的想象力，也增进了家长和孩子的交流。"朴龙一边讲，一边向我展示他的绘本，完全沉浸其中。

"你选择这样一个和应试教育相悖的项目作为突破口，阻力大不大？"我问朴龙。

"困难重重，一言难尽哪！"说到创业的艰辛，每个人都会忍不住吐苦水。

"提高孩子的想象力，首先是提高家长的素质。在这个一切围绕着高考指挥棒转的教育体制下，我们的绘本能提高孩子的能力，但却不是能够为高考加分的项目。所以，我们的绘本不是被家长当作玩具哄孩子，就是随便买一个，连看都不看。家长从来没有把它当作培养孩子的方法和手段，给予应有的重视。特别是想象力这种东西，短时间内很难看出什么效果，但却对孩子今后的发展非常有益。所以这需要全社会转变观念，才能培养出新型的科研工作者和匠人来。这可能需要几代人的努力，我们只是开个头。"朴龙的话语中隐隐的有一种献身精神，这大概就是这代创业者的情怀吧。不光是为了赚钱，而是想着改变世界。

今年是中国恢复高考四十周年，当年有幸考上大学的大学生们，被称为"时代的骄子"，如今这些人都已经人过中年，两鬓斑白了。时代在变，但这几十年延续下来的考试制度，似乎没有变。但是，这个时代已经完全不需要高分低能的"考试机器"了。每年都有几百万大学生面临着找工作的压力和焦虑，学生们自认为在学校里学会了"擒龙术"，毕业后信心满满地欲"倚天屠龙"，可他们真正走上社会后，却发现这个世界上并没有龙让他们去杀，只有跑着的猪、游着的鱼、飞着的鸟。

在"全民创业，万众创新"的号召下，学生们就更茫然了，只好再次回到书本，背下一些一知半解的创业理念，就往前冲了。这个时候，他们才恍然大悟，原来能力比分数重要。我们的敏感力、钝感力、创造力、执行力，在很大程度上决定了我们创业的成败。而在众多的能力中，想象力是排在各种能力之前的，但想象力是需要从小开始培养的。等我们长大了，这种能力就会固化，就像成年人学外语，过了语言形成期，你再也学不好了。

看了电影《星球大战》之后，我有一个感想：创业者的视野不仅超越了地球，而且跨越了银河系，在整个宇宙中尽情挥洒。你不得不为那些好莱坞创意大师们丰富的想象力所折服。我们一直困惑为什么中国人拍不出这样的电影来，答案就要到朴龙那一本本充满想象力的绘本当中去找寻了。

朴龙创办的儿童教育公司，虽然不是什么上市公司，但却是一个扎实的、有特色的长寿公司。这在"以大为上"的今天，是非常值得珍视的。

作者感言

我们不必在做大做强的道路上和别人争得死去活来，不妨在那个属于自己的精致的小作坊中去实现自身的价值。有什么天赋做什么事，有什么特点吃什么饭。

我知道国内一家著名的投资公司，管理着四五十亿美金的资产，公司却只有二十几个人。去香港影都参观，我发现，那样一家有名的影视公司拍出了那么多好的影片，员工也只有十几个人。除了亲眼所见，我们听到的这样的例子就更多了，索罗斯的量子基金敢和许多国家的政府打一场又一场的金融战，从资料上看，他的公司也只有两层楼，相当于国内一家中小企业的规模。

当我们把目光放在小微企业而准备大干一番的时候，抬眼望去，那些以做大著称的西方公司，在网络经济的推动下似乎又回到了中国古代那种农业社会的小农经济中，这种存在绵延达几千年之久的商业模式，只是近百年才被西方的工业文明给灭了。现在我们拼命地搞现代化，GDP 上去了，雾霾也出来了。而西方社会却走向了貌似中国小农社会的信息文明，成为一个个精致小作坊的汪洋大海。

43. 创业与性格

创新理念：性格授权

在创业的道路上，只有模糊的方向，没有标准答案。以往公司招人的时候，会对每个应聘者进行长时间的测试、考查，因为你是要考查应聘者的技能和专业程度，要用问卷，要发考试题，初试，复试，等等。

那些经过千挑万选进入公司的人，开始还干得不错，但没多久就原形毕露了。而且出问题最多的人，往往是考试成绩最好的那个人。

每个人身上都有癌细胞，但不是每个人都会得癌症，因为没有诱因，癌细胞没有扩散、失控成为病症，当然就不会要你的命。

而在职场人士的身体中，也会有这样的癌细胞存在，有人称这种癌细胞为"混蛋"。这种癌细胞也存在于我们的思想中，一旦有了适当的时机，它就会发作。如果治好了，还在这个企业干下去，但会有阴影和内伤，如果治不好，肯定是一拍两散，个人和企业都受损失。

而让这种癌细胞不扩散的最好方法，就是"性格制约"。我们经常会听到这样一句话："他这人性格就那样。"所以性格是解释一个人做某件事情的最好理由。

贪婪、多疑、多谋而不善断的游移、虚荣和不自信、虐待狂，这些性格特征，都是与生俱来的，是很难改变的。有人说改变性格上的缺陷比"瘾君子"戒烟、戒酒，甚至戒毒还难。要想克服一个小小的毛病，也许都要付一生的努力。

人的性格底色是无法改变的，但我们一定要了解它，正视性格弱点而不回避。如果我们能用这样一种视角对待自己的缺点，那这些缺点对我们所构成的伤害，往往是很小的。如果一个人没有经过严格的自我解剖，少有自省，不知道自己的性格缺陷，或者知道却讳疾忌医，更不懂得"性格授权"，这种人离成功一定会越来越远。

创业故事：观察和修剪创业性格的地方

"碳9学社"与其他创业营的与众不同之处，就在于它不仅是一个学习创业技能的湿地，更是一个观察和打磨创业者创业性格的X光机。用冯新老师的话说，就是"学习发生在课堂之外"。

以读一本创业书籍为契机，各小组从组队到在大课上汇报表演，一般要有一个月的时间，在这一个月的时间里，各个小组共同去打造一个创业作品。每个人的性格，在这一个月的时间里，都展露得清清楚楚。如果没有这样的平台让学员进行自我拷问，也许他们一生都很难发现自己的一些性格缺陷。在大课上完之后的复盘课里，每个小组需要逐一对自己组内的成员进行点评。所以每上一次课，除了学习一些创业技巧以外，也是对自己的性格进行的再认识，这可以有效帮助大家根据自己的性格特点找到自己的创业定位。

在我所接触的创业营里，"碳9学社"不像社会上其他创业营那样，不管学员适不适合创业，都招进来，传授一堆似是而非的创业理念，然后让他们懵懵懂懂地去干。"碳9学社"把学习过程当作一把手术刀，对创业者进行一次彻底的性格解剖，看看学员的性格到底适不适合创业，适合怎么创业。

"碳9学社"采取的这种自虐和碾压式的教学方式，把人的心力逼到极限，这样一来，你的性格底色就毫无遮拦地显露出来了。然后大家再对这种性格底色进行裁剪，评论一下这种性格的人在创业中可以担当什么样的角色，和什么性格的人合作比较合适。这对于想创业和已经创业的同学来说，是非常严苛的。用冯新老师的话说就是："每次上课有三十个同学，就有三十面镜子在照你，这可比照妖镜还厉害啊。"话已出口，但全场响起了一片笑声。

作者感言

"性格授权"是最近很热的一个创业话题。

有的人说:"我不具备创业者的那么多优秀品质,缺点多多,可我还想创业。"

然而,人的性格底色是无法改变的,于是,创业学者提出一个概念叫作"性格授权"。在正视自己性格缺点的前提下,把自己的性格短板外挂到一个"服务器"之上,这个"服务器"就是你最相信的人,也可能是你团队的合伙人。

这个"性格服务器"最大的作用是,在你因为性格缺陷而开始犯糊涂时,手持这把尚方宝剑的人,能够对你当头棒喝。使你在暴怒和失控中,不会做出太离谱的事,事后也不会过于后悔。

据说蒋介石身边的宋美龄,张学良身边的赵四小姐,都是"被授过权"的伟大女性。有本书上这样写道:"如果没有宋美龄在身边,蒋介石一定很糟糕。"

人不可能揪着自己的头发让自己的双脚离开地面。我们需要一个支点,而"性格授权"是个很重要的支点。

想吃创业这碗饭的人,也都是以"创业性格"作为依托和基石的。敏锐、坚韧、能控制住自己的恐惧和贪婪,有爱心、思维和语言表达清晰、视野宽阔、能见招拆招、不教条,这些都是创业者所必备的性格参数。很少有人能够满足所有这些指标,绝大多数人都是有缺陷的,所以说"性格授权"不仅仅是一个胸怀宽广与否的问题,更是一个程序和技术问题。

44. 朋友圈能治"大喷壶"

创新理念：两语和三言

有人问过我："如果老天爷给你一种特殊能力，你希望是啥？"我说："会飞、会算命都太无聊了，这会把自己变成一个怪物，我想要的是能三言两语把一件事说清楚的能力。"

这种能力为什么重要呢？我的体会有三点：第一，所有的事物都是在简单的基础上演化过来的，三言两语把它说清楚，就意味着，你有非凡的洞察力；第二，意味着你和所有的人协作和沟通都没有什么障碍；第三，简洁地说清楚一件事，能省去别人很多时间，这本身就是一种很重要的能力。

如果你创造的表达方式会影响更多的人，如果你有洞察能力、协作能力，还有什么事做不成呢？

我们太需要这样一种三言两语就能够把一件事情说清楚的能力了，特别是在这个信息爆炸的互联网时代。

我们常常看到身边有许多人，他们不具备这样的能力，经常是思维混乱地讲了半天，别人还不知道他在表达什么。

我有一个坏毛病，一碰到这种"大喷壶"，就想上厕所，还把这个毛病堂而皇之地写在《禁果1993》里。可多年过去了，不仅这个积习未改，反而越来越厉害。

创业故事：张开你的嘴

"碳9学社"在培养和打造创业者的"一分钟表达力"上，投入了很多。在内容配置上强调"去教师化"，争取让每个人上台，当着大家的面，张开嘴说话。

许多同学刚上台演讲时，也会犯"喷壶"的毛病，说了半天还是云里雾里，十分钟规定时间到了，还没有把事情说清楚，被同学台下一拍砖就更慌了，越慌越说不清楚。

创业者首先应该是一个能表达思想、会表达思想的人。一个人会表达，说明他思路清晰。在各种不同的场合，人的状态是不一样的，有的人在两三个人的范围内说话很流畅，但一到二十人以上的场合，就紧张得语无伦次了。

"碳9"课程的精华之一就是非常注重培养学生的当众表达能力。它经常会营造出一种激烈辩论到近乎吵架的程度，鼓励学员们在这样一种嘈杂的环境中，努力表达自己的想法。它的教学内容也是围绕着一个创业主题，以小组团队为单位，到台上进行"路演"，并鼓励同学在适当的范围之内进行一些类似小品式的表演。

　　"碳 9 学社""输出强制带动吸收内化"的教学方法，内容比较广泛，其中最主要的就是语言的输出，也就是那种能在一分钟之内把自己的主要观点亮出来，并引起大家注意的能力。用冯新老师的话说："在'碳 9 学社'，你不说话可没有人请你说，你就被大伙遗忘了。"冯新老师是语言表达的高手，所以他对学员的表达能力就更加重视了。一期课程下来，许多"碳 9"的学员都感到最大的收获之一，就是学会了说话。

作者感言

　　许多人大学毕业之后，其实连话都说不好，缺少那种三言两语就能把一件事情说清楚的能力。

　　我有幸和某个著名的三甲医院合作过几十年，这个有百年历史的著名医院，自然是专家如云，可真具备能够用几句话就把病人病情大概勾勒清楚的这种能力的医生只有两三位。什么CT、核磁、生化等名词一大堆，病人往往被医生说得云里雾里，不知道自己得了什么病。

　　我曾经不止一次地问医院院长："医院为什么不开一门说话课程，或逻辑课程，培养医生三言两语把病说清楚的能力呢？"院长挠挠头，回答道："这种能力是与生俱来的，后天很难培养。"

　　真的很感谢微信朋友圈，它虽没明文规定，但逼着许多话痨尽量在一百字之内，说清自己到底想要表达的东西。因为如果你稍微一啰唆，你的言论就在别人的拇指间划过去了。怎么才能使你的文字在别人眼里多停留一秒钟呢？就是那种三言两语能把一件事情说清楚的能力，这种能力一半靠天生，一半靠修行。

所以朋友圈是一服良药，专治大话痨。

语言学上有一个"60秒钟原则"。也就是说，如果你一分钟之内还不能把一个问题说透，听者的注意力就游离到别处去了，特别是当你要说服别人的时候，这点尤其重要。

三言两语把一件事说清楚，这不仅是一种语言能力，更是一种思维清晰度与高度的表现。这是每个创业者一生都要修炼的基本功，也是每个人走向成功的必由之路。

45. 不变也是一种美

创新理念：不变也是一种美

有一次，我在纽约大学的一个小酒馆里，看到一位老人坐在窗前，手里拿着一张《华尔街日报》，桌上放着一杯啤酒，神态非常从容，连端起酒杯和翻报纸的动作都显得格外优雅。从外表来看，他应该有七八十岁了。他的这种神态一下子吸引了我，我举起尼康相机想跟他合张影，他同意了。

老先生告诉我，他今年快九十岁了，在这张桌子上喝了将近七十年的啤酒，那时纽约的帝国大厦还没盖起来。

老人接着告诉我，当年他爷爷就在这个酒馆的这张桌子上喝啤酒，然后是他父亲坐在这儿，现在轮到他了。屈指一算，这家酒馆成立应该有一百多年的历史了，这使我不禁对这位啤酒老人和这家啤酒馆肃然起敬。

2016 年，我再次来到纽约，又到了那家离我住处不远的小酒馆，和二十二年前没有什么变化。那位老人不在了，啤酒馆里却坐着一些二三十岁的年轻人，手中不再拿《华尔街日报》，而是拿着苹果电脑。这点不像欧洲人，欧洲人大部分都拿着报纸在看，虽然没有那位老人那么安详与从容，但也很专注和自然。当年老人坐的那张靠窗户的桌子上，坐着一对"80后"情侣。男的手里端一杯啤酒，女的旁边放了一杯咖啡，他们各自看着各自的电脑屏幕。时间是上午的十一点，吃中饭有点早，吃早饭有点晚。但从姿势上看，他们似乎是经常这样坐着，上午就喝啤酒。眼前这对年轻人，和二十二年前的那位老人一样，引起了我的好奇心。我举起苹果手机给他们拍了一张照，好奇地问道："今天不是周末，你们怎么不去上班呢？"那位男士抬起了头，用一种奇怪的眼光看着我，那位女士的头一直没抬起来，只是脸上掠过一丝笑容。

纽约应该算是世界上最现代化的城市了，可是去过纽约的人都会有这样一种感受，这座世界最现代化的城市真"老"。地铁是一百多年前修建的，至今还在运营。那种车厢，我小时候在老家的火车天桥上见过，没想到在纽约地铁里，我却坐上了这样的列车，咣当咣当的铁轨声，一下子把我带回了童年。

华尔街的股票交易所，是世界上最早的股票交易所。不远处的铜牛，牛气冲天。还有那一对硕大的"牛蛋"，二十四小时都有男女依靠着拍照。如果不是门口有带枪的保安，和那几个旧旧的大字"New York Stock Exchange"，你会觉得这就是一座古老的教堂。帝国大厦是1930年建起来的，至今保持原貌，没有大修过，无数好莱坞的电影都在这里拍摄。那种历史留下来的韵味，人只要一进门就能闻得到。

美国宪法从制定以来，从来没有大修改过，它和纽约的街道一样，永远都是零零碎碎地修修补补。在纽约街头，如果你看到一座百年以上的房子在维修，或者一条两百年的街道被挖开，不要觉得有什么奇怪，这是纽约的一景。

不拆掉，但修补永远在进行。

北京号称千年古都，可除了故宫、北海那块地方以外，这座古老的城市显得太现代。连北京最具标志意义的城墙，都被拆得干干净净。我们太喜欢革命，动不动就推倒重来。

传承并不等于保守，往往是成本最低、最好的一条路，不变也是种力量。

创业故事：创业"老骥"志在千里

张毅玮，1970 年出生，这种年龄在体制内算是年富力强，但在以 80 后为主体的创业潮里，可算上是一名老兵了。

可是我们这位老战士不仅宝刀未老，更是童心未泯，折腾起创业来，让年轻人都惊叹不已。在江湖上，张毅玮被后生晚辈们尊称为"众筹一哥"。

"我在创业者中算是运气不错的。十几年前第一次创业是在贵州办小新星英语学校，由于入手早，再加上是在被称为'夜郎之国'的贵州，一炮就打红了，火得连我都感到意外。"说起自己初次的创业经历，张毅玮满怀深情。我采访过很多创业者，他们在说到自己第一次创业时大都是这样无限深情。

"做起来以后你怎么办呢？买房、买车、找情人或者是再风流倜傥添点别的富人的嗜好。"我第一次采访张毅玮是在北京的一个以电影为主题的餐厅，来吃饭的大都是电影圈子里的人，整个餐厅的氛围显得很年轻。

"要是那样倒也好了，幸福的小日子会过得和和美美，也不会像今天这样浪迹天涯了。"毅玮笑着说。

"我在企业创办满十周岁的时候，把公司卖给了巨人集团，带着钱和我爱人，还有她的姐姐一起去哈尔滨办国学幼儿园。第一次创业的成功使我信心满满，认为做英语培训能够成功，办国学幼儿园同样会一鸣惊人，当时真是自信满满、豪情万丈。"我发现他对自己很节制，那顿晚餐他几乎没怎么动筷子，只是不停地喝水不停地说。

"谁想到这次创业却没有第一次创业那样一帆风顺了，离开了家乡多少有点水土不服。最让我没想到的是我和我爱人，我们在贵州创业的时候配合得还是不错的，可不知为什么在这次的创业中却十分的别扭，连教室的桌椅怎么摆放都要争吵，到后来矛盾就越来越大。核心层出了问题，企业肯定是大伤元气，最后是公司垮了钱赔光了，我们离了婚。"我发现张毅玮性格中有一种挥之不去的童真，说到自己失败甚至离婚的经历也是笑呵呵的。

"去哈尔滨的时候还是三个人，离开的时候只剩我一个人了，孑然一身带着五百万去了苏州，准备再办中华国学幼儿园，结果再次失败。"关于苏州的创业经历张毅玮不愿意多说，可能是有什么伤心事不愿意提及吧，我也就不再多问。

人到中年三次创业，一次成功，两次失败，时间转眼就到了 2015 年。这一年张毅玮来到了北京，和万通地产合作，作为联合创始人成立了万通教育。

"我好像今生注定离不开教育，起起落落始终就没有离开这个行业。但我情怀太重，创业的失败让我认识到利益是可以分享的，但情怀是不能分享的，虽然现在我已经不像以前那么有钱了，可我实在不愿意为了赚钱和那些没有情怀的人混在一起。"张毅玮告诉我，他在万通教育创业半年之后，最终还是离开了。

屈指一数，一哥已经四十八岁，生命不息、折腾不止。

在他人生的第四个本命年开始的时候，张毅玮和七位志同道合的朋友一起，成立了全国首家"众筹校长俱乐部"，开始了他人生的又一次创业。天道酬勤，一哥这次创业开门见红，可他自己却两次累得昏倒在沙发上。

我记得那次采访是在 2017 年 3 月份，春寒料峭，天气还是很凉的。但是张毅玮那种激情，就像饭桌上的那个沸腾的火锅一样，让人暖暖的。采访结束分手时，我看着他的背影，背已经有点微驼了，但走起路来却是噌噌的健步如飞……

所以说不管创业怎么变化，创业的技巧如何更新迭代，人们对信仰、对财富、对权利、对爱的追求，是一个永恒的话题，千百年来一直没有变。

作者感言

冯仑在《野蛮生长》一书中曾这样写道："时间验证出来的道理，就一定是个真理，真理不爱听也是真理。"打个比方，我拿着一杯水，马上就喝了，这叫喝水。可是如果我连续举着十个小时，就叫行为艺术，性质就变了。如果有人举上一百个小时，死在那儿，这个动作还保持着，那么就可以做成一个雕塑，然后再放五十年，就变成文物，可以围起来卖门票了。所以，不是行为本身决定自己的性质，而是由时间来决定一件事的性质。你如果苦练一件事，朝着一个方向不断努力，这样就会不断地提升这件事的价值。你想喝水是几毛钱的事，而行为艺术最多挣个几十块钱，可如果变成了雕塑，放在一个好位置，也能赚点钱，但成了文物，那价值就大了。你看，时间越长，东西就越金贵、越值钱。

爱是一个很古老的话题，它的历史几乎和人类一样长，只不过在不同的时代，在不同的人群里，它的表现形式不尽相同罢了。在今天"全民创业，万众创新"的大潮中，爱、爱情这些古老的话题已被赋予了新的内涵，并用一种新的形式表现出来。

46. 一沙一世界，一花一天国

创新理念：细分的力量

有位哲人曾这样说过，西方文化的精髓就是细分，把细分下来的东西再细分下去，任何一个被细分下来的切片都可以繁衍成一门庞大的学科。

西方哲学认为：为物质是无限可分的，分子下边有原子，原子下边有原子核，原子核里有质子，于是有了洋枪洋炮，有了计算机，有了宇宙飞船。

很多年前我去美国的时候，给我印象最深的是那里的社会分工很细，每一个细小的专业都有专门的人士在做。就像一个大医院，各个科室分得很细，有外科、内科、皮肤科、神经科，然后这些学科再细分下去又产生了很多"亚学科"。随着这些学科的无限细分，人类对自身疾病的认识也在逐渐走向深入。

在自然科学上，细分的程度决定这门科学的水平。一个社会细分下来的专业化程度的高低同时也是这个社会发达与否的标志。

改革开放的道路走到今天，已经富起来的中国人比以往任何时候都更深刻地认识到细分的力量，我们也开始逐渐进入一个细分的社会。分工使我们渐渐懂得了合作的力量，人心也比原来齐了。

创业故事：创业的作品是沙龙

当新技术掀开一个新时代帷幕的时候，会出现许许多多从没有过的新行业，而一些有着多年历史的旧职业也会在不知不觉中渐渐消失。

随着微信技术的出现，网上的群和线下的沙龙相结合，成为互联网时代人们的一种新的社交方式。各种自媒体风起云涌，短短几年的时间，就已经在各个领域里，把传统媒体冲击得只有招架之功而无还手之力了。

微信公众号发展到今天，撰稿、责编、导演，作为一个新的行业开始出现。网上直播火起来以后，网络主播成为新的职业。在线下各种各样的微型沙龙兴起以后，也出现了一个新行业，人们称它为沙龙出品人或沙龙主持人。

王朝薇就是"碳9学社"中最早开始做沙龙主持人的创业者，也是中国最早的一批比较成功的自媒体主持人。她策划了全国首档家族办公室访谈栏目《Meet FO》，并担任制作人和主持人。然后她创办的"薇沙龙"，线上线下两面发力，粉丝达三百万，成为沙龙创业圈子里一道颇有特色的风景线。

"记得我第一次做直播名叫《盘点：洪荒之力》。那是我第一次直播，我整整准备了两天。直播开始的前半个小时，我紧张得把稿子全忘了，直播间里只有我一个人。连个提醒串场的机会都没有，我只好对着镜头想到哪说到哪，说了些什么连我自己都不知道。更惨的是，我家的座机连着响了三次，我只好来来回回去接电话，心想这回是完败了，可没想到就是这几个接电话的声音，让点击率一下就飙升了。大概是我的尴尬经历挺接地气儿的吧。也就在那一刻我才体会到网络直播和电视直播的区别。"说到自己第一次直播的经历，王朝薇至今还是记忆犹新。

"直播是一个特别即时反馈的传播方式。观点清不清楚，故事有没有意思，一句话换个说法，都会有不同的数据反馈。我从财经视角调侃社会热点出发，以一个知识女性的独特视角，去讲郎咸平携前妻大战小三，王宝强马蓉的离婚大战，万科的三方股权之争，平安夜直播写遗嘱，采访过'得到'的老大罗胖，受邀直播火箭发射，就这样开始呼的一下火起来了，北京时间、脉脉等好多平台请我去直播……"说到自己直播成功的爆款，王朝薇语速快了许多。她的声音很好听，醇醇的，没有一点杂质。

在财经沙龙这个细小的领域里，王朝薇成了一个小领域中的"大姐大"。

这一代自媒体主持人，他们没有在传统媒体里面做过，不存在转型的问题。王朝薇凭借过去十余年的财富管理专业背景，带着活脱脱的野性，直接进入自媒体。他们把"群"和"沙龙"当作创业产品来做，因此，涌现出许许多多让人应接不暇的新东西，在这个飞旋的时代中，写下一笔又一笔精彩故事。

作者感言

在东京我看到过一次日本人搬家。他们先在电梯里和楼道间用硬纸板把四壁包好，以防止把墙壁弄脏，还防止将家具和电梯碰坏。这种硬纸板是公司专门制作的，可以灵活拆卸多次使用，上面印有各种广告。铺完后这几个人就走了，一问才知道这是专门为搬家公司铺防碰膜的公司，他们只管铺不管搬。我感触很深，他们是怎么做的呢？

然后就是负责搬家的公司，搬家过程中他们用的那种小拖车、千斤顶不仅专业省力，而且还很人性。日本有专门生产这种搬家小型工具的公司，所有的细节设计者们都考虑到了。把东西装上车之后，搬家公司的人就不再回来了，又有专门的公司来替你揭去防碰膜和处理不要的旧家具，最后负责打扫电梯和楼道里的卫生。一次普普通通的搬家，日本人把它细分为三个公司来做，所以日本搬家公司和业主很少发生纠纷，更不会把电梯和楼道里的墙碰的像花瓜一样。有一次我看到我们对门办公室搬家，兴师动众按程序走完一遍之后，只搬走了一张桌子和一把椅子，我觉得挺滑稽，但他们却觉得很正常。

日本文化的精髓是把一件小事情一再细分下去，做到近乎极致，上升到一种"道"的境界，比如茶道、花道。在我们看来不就是喝杯茶插盆花吗，都是生活中简单到不能再简单的事情，但日本人却能把这些看似简单的事情做得精益求精，做到了"道"的高度。

他们对待自己的产品更是到了一种聚精会神的境界。他们把生产产品的流水线细分再细分，到了让人感到讨厌和变态的程度，于是就有了日立、松下、丰田这样世界人民心目中响当当的品牌，正像电视中的广告语说的那样，"车到山前必有路，有路必有丰田车"。

有分必有合，擅长细分的日本人比谁都清楚，任何细分如果不能组合都是废品，只有在组合中才能体现出它的价值。所以日本人抱团齐心，也是世界上出了名的。

中国社会经历过漫长的自给自足的小农社会。一户人家自己种地织布，自己打井吃水，不需要和别人合作也能过得挺好，最多就是拿自己家养的猪或鸡拿到集市上换点盐。我们没有经过欧洲几百年的工业洗礼，也没有从细分中得到财富，所以我们的文化传统中缺少工业文明的细分思想。

在新的一波创业大潮开始的时候，互联网使很多行业开始走向综合，也使许多行业开始进一步细分。综合的成功者已经是群星璀璨了，"MBT"就是把综合推到极致的典范。而细分呢，西方走了几百年，在中国无数匠人也已经开始。

47. 洞见与原动力

创新理念：我们心中的原动力

马云心里是有原动力的，这种原动力叫"信任"，于是有了阿里巴巴。

索罗斯也是有原动力的，叫"量子原理"。他还把自己的基金起名叫"量子基金"。

乔布斯心中的原动力是"简洁之美"，看过他家里陈设的人，都会被简洁到近乎极致的美所震撼。这一点他和比尔·盖茨的理念不同，比尔·盖茨的豪宅十分复杂，所以他的软件也只能用在 PC 机上。

心中有"原动力"的人，他们的成功就是从自己内心的这种坚信不疑的原动力出发，让这束光照得很远很远，甚至改变了社会。

大潮中万千的创业者，我们创业的原动力是什么呢？是美、是爱、是贫穷……是什么也许不最重要，重要的是我们总得信点什么。

创业故事：追命六问

"碳9学社"升级为"碳9加速器"之后，有一项课程叫作"追命六问"，这六问是：

我是谁？

我从哪里来？

我要往哪里去？

我为什么要去那里？

我如何去那里？

凭什么我能去？

没有什么华丽的辞藻，更没有什么豪言壮语，但它却为我们寻找自己心中的原动力，提供了一条朴素实在的通道。

其中有一个叫《你从哪里来到哪里去》的科目，内容是从自己出生的家庭背景对自己的性格形成出发，从爷爷奶奶、姥姥姥爷、父亲母亲的性格和素质追起，回看自己这几十年的生活道路，对自己本身进行一次"精神"体检和自我解剖。认真地想想，自己从哪里来，我将向哪里去，用这样一种刨根问底的方法渐渐地接近并最终找到自己心中的那种原动力。

"追命六问"是"碳9学社"经过两年的创办，升级为"碳9加速器"之后的独特学习方法论和社群文化标志。除了自我解剖，寻找我们心中的原动力以外，还将区块链的思想贯穿其中，这会让"碳9加速器"极有可能成为社群价值数字货币化的先锋。当然，要把这些东西写明白，是另一本关于"碳9加速器"一书的任务了。书永远追不上新事物的发展，因为这个世界变化实在是太快了，总是让人应接不暇……

作者感言

我们许多人，以为学习和读书是一件值得炫耀的事，只是学了多少并不在乎，而在朋友圈晒自己的学习画面，却是第一位的，到处去说自己这一年读了几百本书，俨然是个大学问家了。他们完全就是将学习演变成了吹牛和谈资。

学习是一件你一生都得去做的事，否则你就会被这个世界淘汰出局。把学习理解成为学习知识的观点已经老了，一是现在知识更新太快，你费了好大劲把一个事情弄明白的时候，它已经过时了；二是互联网时代获取知识太容易，容易到人们已经不珍惜知识，在百度上一搜，什么都知道了，获得知识的快感，也较以前少了许多。

知识已经显得比较廉价了，更有偏激者说：知识是这个时代最不值钱的东西。

每年有五六百万被各种知识武装起来的大学生毕业，毕业之后就业的问题非常艰难，庆幸的是他们获得了一顶美丽的光环叫"自主创业"。可是光凭书本上学到的那些知识，去面对这个复杂多变的市场，成功的概率特别小，再加上心中没有什么信念和原动力，成功的概率可能更小。所以有些企业家和学者大胆提出不同意大学生毕业以后直接创业，这话是很诚恳的。

在今天真正值钱的是观点，是能力，是见识，有的学者称它为"洞见"。可别小瞧了这个"洞"字，洞若观火，洞察一切，人类就是因为从洞内看到了洞外，而不仅限于知道洞内的"知识"，要从洞穴里走出来，成为今天的现代人。

培根的名言，知识就是力量，在今天看来，只说对了一半。洞见是一种更高级的力量，而且最有价值的是其中的原动力。中国的儒道佛，西方的上帝，都是原动力。原动力是公理，而公理是不需要被证明的。人类所有的洞见都在这里寻根，又在这里出发前行。

48. 在自相矛盾中正常行事

创新理念：在自相矛盾中正常行事，才是一流智慧

有一次，我参加一个创业营组织的聚会，内容是大家给一位老总所在的企业挑毛病，挑得那叫一个深刻，说得也在理，于是他回去就开始给自己的企业改毛病了。后来过了几个月，这个被诊断有缺点的企业在痛改前非的过程中，业绩没有上升反而下滑，公司内部出现了很多混乱，损失巨大。

这不是讲故事，这是真实的发生在创业营里的事，在其他创业营里，这种情况也常有。老总去读 MBA，回来以后按照书上的真经对企业进行"休克疗法"，结果他的企业真的休克了。有的企业因此而倒闭，再也没有爬起来。

我们一生都在改正缺点的声音中度过。儿童时父母的批评，成人后领导朋友的提醒，独自一人时的自我暗示，都是一个目的——改毛病。

可当我们尽全力和自己的缺点搏斗了多少年之后，我们发现那些与生俱来的缺点不仅没有被消灭，甚至一个很小的毛病都没有彻底改掉过，更不要说尽善尽美了。于是我们苦闷，埋怨自己没有毅力，又开始无休止地改下去。而我们的优势，也就在这无休止的改正中一点点削弱了。

人在有优点的同时也就有了缺点，就如同大自然中的益鸟与害虫一样，既是一对天敌，又以对方的存在为自己存在的前提。没有自私，就没有大公无私，没有怯懦，勇敢也失去了意义。可我们总是没有这样的自信和勇气，总是千方百计地想把对方给灭掉，动不动就通吃，这种在农业和工业文明曾经盛极一时的观点，今天是不是要重新认识它了？

人改正自己缺点和企业纠正错误道理都是一样的。发扬优点，改正缺点，这话一定是真理。可真理有时候是活在文字里的，而在我们实践中，经常做不到真理的要求，那怎么办呢？事总还得向前推进。《了不起的盖茨比》一书中有这样一句名言："同时保有两种截然相反的观念，还能正常行事，这是第一流智慧的标志。"

创业故事：创业者的万花筒

我认识晶晶是她在"碳9学社"第二十五期做学委的时候。所谓学委就是一次大课的策划执行人和课堂主持人。

按照"碳9学社"翻转课堂的倒金字塔组织结构，在大课的主题确定之后，从招收学员到考核上课，一直到最后的课程结束，主要工作都由学委来做。这就像乐队的指挥，不仅要指挥好曲子，而且要协调好每一位乐手，担子是挺重的，也真锻炼人。

在"碳 9 学社"的近百期课程中，还真出现了好几位"美女指挥"，虽然风格迥异，但都把那次课程组织得轰轰烈烈又井井有条，"碳 9 学社"的"五大美女"就是因此而得名。

但晶晶和其他主持人最大的不同是，她不像其他创业者那样，辞去原来的工作一心创业，而是所谓票友式的"创业业余爱好者"。虽然创业热情和班里同学一样，但她的主业却是某上市集团的品牌总监，负责偌大一个公司的上下左右宣传，工作繁重、事务缠身，在这样一家上市集团独当一面的晶晶，却还想要从工作和孩子身上挤出一些时间走进创业。

"我是个伪创业者，就像伪文青一样。"说到创业，晶晶自嘲地说。

"越是工作忙，我越经常有一种想抛下一切去创业的冲动，总感觉身上有一股力量向外冒，就是几天几夜不睡觉也不会困，整个人像打了鸡血似的，别人觉得我好像有点发神经。可我只有这样才能让个人的势能得以释放，觉得特别舒服。"讲到自己的创业，晶晶总是显得激情满怀。

"你目前年薪几十万，自己还带着两个孩子，时间已经紧巴巴的了，干吗还总想着自己要去创业呢？"在采访晶晶的时候，我这样问她。

"我觉得创业不仅仅是一个赚钱的问题，它是时代给我们这代人的一种理想和追求，不仅使我们的能量得以释放，还能让我们在创业中找到自己。这就像我在业余时间给电视剧《遗忘的年华》写的歌词那样：年华淡淡地流淌，写满蝴蝶的翅膀。青涩着说要永远，皱纹却蔓上誓言……"

晶晶虽然被工作压迫得焦头烂额，却还经常给电视剧写歌词。除了给知名导演高希希的电视剧《美丽鲜花在开放》的插曲《遗忘的年华》写歌词之外，还给电影《密室之不可告人》的主题曲《黑暗的微光》写歌词，尤其是她给红色电视剧《陈云》写的片尾曲《永远铭刻在心底》，不仅得到陈云家属的特别认可，也被很多歌手传唱，在社会上流行了好一阵。

而她为电视剧《多情江山》写的主题曲《一生缘为这一眼》、电视剧《冬暖花会开》的片头曲《相遇》等多首歌，更是在网上红了好一阵子。

她写这些曲子时用了自己的艺名"羽末"。晶晶好像很喜欢这个艺名，把自己的微信号起名叫作"羽末之时"。

这时的"羽末之时"又在自己的肩头压上一副担子，她开始尝试文化创业，不问结果，开心就好。

"现在有的人把辞职和创业混同起来，认为只有辞职才叫创业，这个观点似乎有点过时了。有位哲人曾经这样说过：一个在自相矛盾中还能前进的人，才有可能成为高手。我们过去总是强调专心致志，许多人确实是这样成功的。但在这个飞旋多变的时代，一个问题往往有许多答案，许多看起来毫不相干甚至是自相矛盾的东西，放到一个人身上，反而会产生一种新的和谐。在今天中国创业群像的"清明上河图"上，会有各种各样的新东西冒出来，我们也必须用一种新的眼光，去重新审视那被认为是亘古不变的天条了。"晶晶如是说。

的确在这个创新的大潮里，新的东西在不断涌出，发生什么也不奇怪。

作者感言

我们以前总是单调地认为只有专心致志地去做一件事，有自己特别明晰的专业才是人间正道。对于一个人同时做几件事情，特别是这些事情之间暂时还没有看到太多的内在联系，总觉得有这么点不务正业，如果一个人再自相矛盾，那恐怕就要被一些高人嗤之以鼻了。而在今天的互联网思维面前，我们每一个人不再是机器上的一颗螺丝钉，而都是网络的一个节，可以和无限多的节进行无限多的链接。一个问题也许会有多种答案，而许多问题在矛盾的撞击和争论中一时也难以用对错进行评判和划分，于是自相矛盾中正常行事，就变成一流的智慧。

所以说，把好与坏，黑与白，正确与错误，表里如一和言行不一，清晰明确和混沌混乱，创新和保守，"放纵"与"克制"，同时存在于一张大网上，共同构成这个多姿多彩的世界，这也许是对互联网思维的一种新的解释吧。

如果我们一味地追求正确，不允许错误的存在，别说创业，可能连正常的生活都过不好。

　　但是，在实际运行中，有些规律还是存在着。这时候就需要在表面正确的前提下，进行符合实际情况的操作。这两者互相矛盾，但也并行不悖。

49. 世界冠军张怡宁眼中的战略

创新理念：战略是由解决一个个短期棘手的问题推动

战略这个词不知道被多少人说了多少遍了，人们耳朵都听出了臙子。

蓝海战略、红海战略、竞争战略、总体战略、个人战略，形象是够形象，也易于传播，但大都有以偏概全的嫌疑，都有过度简化的缺陷。一个道理如果太笼统，往往没有使用价值。当你清晰地知道你该走哪条路的时候，往往意味着这条路已经不属于你了。

商业的成功和个人成功一样，很大程度上靠的是运气。而且在当时决定的时候一定是朦朦胧胧的搞不大清楚，而事后说出来，即使精彩万分，已经和当时的实际情况相距甚远了。拿别人画的地图去做自己的事，成功者甚少。

有这么一个故事。有一次，一支部队在阿尔卑斯山区进行军事演习，出现了意外，一个小分队走丢了。当时天气很冷，大家都觉得这支小分队没戏了，肯定会被冻死。结果，这个小分队奇迹般地回来了。司令官问他们，你们是怎么回来的。带领这支小分队的中尉说，就在他们都觉得必死无疑的时候，有个士兵从背包里发现了一张地图。于是，这个小分队就靠着这张地图，一路摸了回来。可是，司令官拿起这张地图一看，发现这不是阿尔卑斯山的地图，而是比利牛斯山的地图。

如果在山区迷路了，即使你的地图是对的，也未必能够走出来，因为能不能走出来还取决于其他因素，比如你的水和粮食是否充足；你的地图上标着河上有桥，但这座桥刚好被山洪冲垮了……但是，在另一种情况下，即使你的地图不准，但有了地图，你的心里就不会慌乱，你就会更加沉着，也更加自信，会想出来各种办法探路，最后反而能够化险为夷。这则故事中的地图，指的就是战略。

用这样一则故事描述战略真是惟妙惟肖，好像总有那么一点点讽刺和奚落的味道。

何帆老师是这样总结战略的，他敢说真话。

战略可以看得远，但决策必须看当下。不能不顾眼前的问题，只去思考长期的未来。从实践来看，长远的战略是由解决一个个短期棘手的问题推动的。

不能只从成功的经验学习战略。成功不能够复制，失败有迹可循。好的战略要注意吸取失败的教训，也要注意顺势而为。

没有一种战略能够适用于所有的企业、所有的时期。战略是根据你所处的环境、所处的行业，你的组织的内部结构决定的。

战略对于组织是这样，对于个人更是如此。

创业故事：小胖创业忙中忙

王督皓，人称小胖。

仔细看，他只是略微丰满，还远没有到胖的程度。为什么大家这么叫他，可能是因为他性格底色比较"逗"，再加上年龄又小，走到哪儿都能带来一片笑声。

我是在"碳9学社"的一次大课上认识他的，他正领着他们团队准备在大课的竞赛上拿冠军呢。全组团结一心，已经连续奋战几昼夜了，PPT 也做了一百多页。小胖是那次活动的总指挥。他们这个小组的队员年龄都比他大，却愿意听他的。从定主题到"拆书"，到整个节目的编排，小胖指挥若定，虽然是模拟创业，却还真有点"山雨欲来风满楼"的味道。

后来他们组还真拿了冠军，又是拿奖品，又是合影，小胖在那次大课中也成了班里的明星，可是红了好一阵呢。

"我这么聪明的人，居然第一次高考没考上。在家复读了一年，第二年才考上。"一般人接受采访，开始总要讲讲自己的光荣史，小胖一开始却拿自己的短板开逗。

"你觉着自己适合做老板吗？"这是我在采访小胖时提的第一个问题。

"适合，我小时候就是孩子王，跟着我跑的都是大哥哥。"

小胖的语气自信满满。

"可这次上大课组队的时候我可真是丢人现眼。按照程序所有的学员自动组队，想当老大的可以自己竖杆子拉队伍，我自然想当老大了，谁知我振臂一呼，居然没人理我。后来才知道，那期来学习的高手如云，麻省、哈佛、清华、北大、人大的硕士比比皆是，连博士都有好几位呢，有的人已经创业成功了。"小胖脸上带着一股顽皮的笑。

"头两次课我连队伍都没拉起来，第三次又振臂高呼，队伍倒是拉起来了，还没来得及高兴，第二天到教室一看，这些牛人自己又组成了队伍选出了新的老大，把我这个创始人给出卖了，我从老大一下子变成了普通队员。我怀疑，自己是不是没有领导力？"小胖说这番话的时候那顽皮的笑容还挂在脸上。

"有一次我在课后朋友圈的评论上看到这样一句话：自强则万强。给了我很大的启发，之所以想当老大的梦屡屡被别人打碎，那是因为自身还不够强大。不要觉得你和哪个名人合过影，有哪个大咖的微信，你就有资源有实力了，其实那都是一种虚荣心造成的幻影。"我那次采访小胖是在一家烤串吧，小胖一边说一边吃着第五根烤串。

"人常说'打铁还需自身硬'，领导力的来源不是你喊的口号有多响，而是自身应该具备怎样的能力和高度。"小胖没有具体讲他是如何提高自身的能力的，大伙都记住了他在那次课上不仅当了老大，还拿到了冠军。后来小胖去做了餐饮咨询，再后来他又去了著名的大学……

2018 年春节他发微信告诉我，他跟着一个他敬佩的人去创业了。我心里纳闷，他不是一直想做老大吗？是什么样的高人镇住了小胖，让他心甘情愿地跟随他人鞍前马后呢？

这就是 90 后的创业者，他们敢想、率真、敏锐而又有冲击力，敢于冲破一切条条框框，直接把目光投放在创新创业的最前沿。掐指一算，小胖这个 90 后今年二十三岁，这个年龄创业，正是好时候。

作者感言

许多创业者太容易在战略上纠结。有些人甚至沉迷于对战略的沙盘演练中，一会儿召集公司全体大会，定发展战略，过几天就又变了，假想战略越来越多，最可怕的是把这些假想战略往自己头上套，自然是败多胜少了。

我在写《小球大时代》这本书的时候，曾经采访过前世界冠军张怡宁，那次聊的时间还挺长。这位乒坛有名的"大姐大"虽然已经退役做了母亲，但我觉得她仍然是世界冠军中的哲学家，好多话说得很有哲理。

我问张怡宁："打乒乓球有什么以不变应万变的秘籍吗？"她回答说：哪有什么以不变应万变啊，都是用一万零一变来应万变，都是看着对手打球，想方设法让对手先动起来，你动我再动。

　　我们有许多选手技术上很有一套，但在战术运用上计划性太强了，上场前总想象对手会怎么打，为自己制定了一个周密的计划，可赛场上的变化多复杂啊！你制定的战术能用上一半就不错了，剩下的就是随机应变、见招拆招。两个旗鼓相当的选手，一场球能打成什么样，只有赛完才知道，事先的计划只能是一个大概的轮廓和基本的出发点，而绝不能成为捆住自己手脚的绳索。

　　这话说得真好，让我这个臭烘烘的业余选手球技都长了好几分。

　　现在创业者张口闭口说"定位"。前几天在楼下的早点摊上，还听到几个创业者围着一碗豆浆眉飞色舞地说自己的创业计划，可惜有的创业者经常在"假想市场"和"伪需求"上转来转去闭门造车，而他们自己又过分相信自己的计划就是真理，于是就赴汤蹈火义无反顾地干下去，哪有不失败的啊！

　　张怡宁的话给我的最大的启发就是：不要让计划指引行动，而是反过来，让行动来调整计划。如果发现实际情况没有按照计划中的设想发展，那么随机应变、见招拆招的能力就显得十分重要了。

　　当然，计划仍然是不可缺少的。它让你对未来趋势的演化有个预先的判断，有一个大概的设想，但是，再完善的计划都不能成为行动的蓝图。过于细致的计划只会捆住自己的手脚，那还真不如不计划，打到哪儿算哪儿。

　　真正有效的计划就像山顶上滚下来的第一块石头，让这个行动触发其他行动，触发市场所有参与者的反应。让这个行动创造出真实场景，然后在实战中修正计划，再决定下一步的行动。

在小胖身上我看到了这一点，虽然做得有些粗糙和匆忙，但多少有那么点意思了……

后记 碳9迭变

碳9缘起

从2014年12月2日第一期《学习方法论》实验课召集令发布开始，到现在为止两年半的时间，"碳9学社"以每月一期课程的速度，连续推出了三十一期创业课程，内容围绕学习方法论、互联网思维、精益创业、颠覆式创新、商业模式、众筹、O2O、共享经济、产品经理、社会化营销、社群运营、定位、市场营销、竞争战略、战略规划、财务决策、企业家精神、学习型组织、组织创新、合伙创业、复盘等，前后有936人次参加过"碳9"的课程，总计约550人。

2015年1月30日，"碳9学社"正式启动，定位于创业者学习型社群。"碳9"谐音"探究"，寓意探究式学习。"碳9"提出两个价值主张：学习满足创业者成长需求，学习满足创业者深度社交需求。这是一个一出发就带有强烈创新学习基因的创业者社群。

传统的教育方式都是以教师为中心的，教师在课堂上教授，学生在下面记笔记，回去做作业，最终通过考试检验学习成果，考试结束，学习行为就终止了。一个人读大学，上一门课为了拿几个学分，学分拿够了为了拿毕业证书，毕业证书拿到了为了找一份好工作，工作找到了，大多数人就不会持续学习了，功利主义诉求完全扭曲了学习动机。

我们再观察野生东北虎的成长过程。国家为了保护野生东北虎，建个动物园把老虎放进去，小老虎从出生到长大，都是饲养员剁好肉喂给它。等小老虎长大了，你投一只活鸡活羊进虎圈，它完全不会扑杀，完全丧失了野生捕猎能力。我们从小学到大学，接受教育的过程跟这个圈养老虎的过程是一模一样的。长期的喂养方式让老虎丧失了野生捕猎能力，越是系统接受了学校教育的人越有可能丧失自主探究的学习能力。

"碳9"首先提出一个大胆的口号："教育已死，学习永生。"面对创业者这个自我驱动力极强的群体，"碳9"把过去以教师为中心的教育彻底改成以学习者为中心的学习，坚持去教师化，打破老师和学生的边界，没有老师和学生，只有学习者和学习组织者，让学习者占领课堂，让学习者成为学习的主体，成为自主的知识挖掘机，这个做法得到了创业者的积极响应。

"碳9学社"从一开始就借鉴了美国人在教育领域里的各种崭新的教育理念、教育方法：研究性学习、案例教学法、学习金字塔、同伴教学法、翻转课堂、社会化学习、混合式学习、前置性学习、MOOC等等，但并没有机械照搬其某个做法，而是融会贯通各种方法背后的实质，然后打碎重组，创造了一套全新的"碳9"学习方法论；在中国做了一次面对创业者的创新教育实验：挖读辩输、挖掘机行动、同伴阅读、保证金、抢板凳、线上分组、小组磨课、自由辩论、车轮辩、小组汇报、小组复盘、集体复盘、输带化、价输能、拍砖、复盘、勾搭、狠拍爱等等。这些词汇背后不仅代表创新的学习方法，也代表着浓厚的社群文化，不熟悉这些词汇意味着你不是标准的"碳粉"。

挖掘机行动

2016 年 2 月份开始，"碳9"开始组织"挖掘机行动"，集中社群力量，围绕某个主题，定点集中挖掘相关学习资料。比如《合伙创业与股权分配》那期课程，最后整理的资料多达3600 页，237 万字。美国人提出的翻转课堂有一个学生在家提前看视频学习的前置性学习环节，研究性学习有一个资料搜集环节。小米联合创始人黎万强在《参与感》提出的理念：打破生产者与消费者边界，开放价值节点，设计互动环节，让消费者直接参与价值创造。"碳9"的"挖掘机行动"则是对这一系列做法和理念的提炼、重组和再造。

阅读

阅读就是同伴阅读。利用微信群把学习者分成小组，缴纳二百九十九元保证金，每天读一到两章，完成三百字的读书笔记，一周时间完成一本书的阅读，最终提交不少于两千字的读书笔记，为下一步小组磨课打下基础。"碳9"的同伴阅读把哈佛大学教授马祖尔提出的同伴教学法、社会化学习的理念加上中国老祖宗发明的保甲连坐做了再造。

辩论

辩论包含讨论、争论、辩论、拍砖，主要有自由辩论和车轮辩两种形式。真理不辩不明，自由的辩论是培养独立思考和批判性思维的最佳途径，而独立思考和批判性思维正是英美国家精英教育的精髓。美国著名制度经济学家科斯在逝世前有一段对中国的忠告，里面最振聋发聩的一句话是：中国现在需要自由的思想市场。对于中国这个有几千年传统的国家而言，自由的思想实在太稀缺了。自由的思想是创新的前提，自由的思想是专制的天敌，没有自由的思想，创新将是无源之水。

输出

美国人提出了学习金字塔理论，把学习分成主动学习和被动学习。我们坐在传统的课堂里听讲其实是最低效的被动学习，而主动学习的最佳形式是小组讨论、做中学、教授他人和学以致用。"碳9"总结学习金字塔的精髓，用一句话概括："输出强制带动吸收内化"，简称"输带化"，强调学习过程的主动输出，而不是被动接收。输出在学习流程里无处不在：参加同伴阅读提交读书笔记要输出、交报名作业要输出、参加小组磨课要输出、参加辩论要输出、代表小组汇报要输出、参加小组复盘要输出、参加集体复盘要输出、交复盘作业要输出。

挖读辩输

挖读辩输是"碳9"学习方法论的精髓，彻底改变了创业者对学习方法的认识，这是"碳9"创办两年半最有价值的一个积累。把注意力集中在学习方法论上，追求无限逼近学习的本质，而不是仅仅帮你一键消除学习焦虑。追求授人以鱼不如授人以渔，教创业者学会自主探究式学习。学习只有建立在好奇心基础上，从好奇心出发对世界产生兴趣，才会开始知识的自主探究之旅。知识只有经过主动的挖掘、阅读、辩论、输出，才可能真正变成自己的。掌握自主探究学习方法，就获得了一个参与商业竞争的利器。

碳 9 思变

今天回过头来对这段历程进行盘点，我最初创办"碳9"的初心，是当时我在真格基金做投资合伙人，需要开辟一个独立获得优质项目源的渠道，同时也想用创新的方法改变一下天使投资人低效的工作方式。我最初的设想是社群每月推出一门免费的创业课程，每期三十人，争取有五六个值得深度考察的项目，有一到两个可投的项目，一年下来投出十到二十个项目，基本算是比较活跃的职业天使投资人了。

做创业者学习型社群，一方面可以助力创业者成长，一方面可以有效地观察创业者。按传统的天使投资人的工作方式，当创业者带着融资的功利目的见你的时候,那场景就类似相亲。他会把自己的羽毛刷得很漂亮展现给投资人，总避免不了虚饰和夸张。把创业者放到学习情境里，创业者的学习态度、学习能力、组织能力、领导力等综合素质一览无余，根本无法伪装。

两年时间走下来，我大部分时间都用在了对创新学习方法的探索上，每月推一期课程成了规定动作。本来想换个马甲做天使投资，结果一不留神成了"人民教育家"，大家都认为我在做创业教育，不是在做天使投资，好尴尬。尴尬的不只是角色认识的模糊。2016 年下半年，知识付费浪潮兴起，大量中产阶级在知识爆炸面前产生严重的学习焦虑，知识付费的本质是会学习的人赚不会学习的人的钱，谋求的是帮助学习者一键消除学习焦虑，无关学习的本质，但这种迎合人性弱点的商业模式非常成功。这时"碳 9 学社"如果继续按照原来的节奏每月推一期线下课程，一次影响三十个学员，不论规模还是影响力都不够，不足以应对整个移动互联网时代学习浪潮的崛起。没有规模和影响力，生源素质就得不到本质提高，想通过免费创业课程获得高质量投资项目的目的就难以实现。在这个赢家通吃的互联网时代，"碳 9"面临着巨大的压力。

这时候到了一个必须求变的时候。原来每期课程结束之后都会组织一次讨论，对上期课进行复盘，对下期课程的流程进行迭代。但这种迭代只是产品层面的迭代，来不及做更多模式层面的迭代，而"碳9"迫切需要的其实是商业模式层面的迭代。从2016年9月中秋节开始，我不断邀请社群里的活跃"碳粉"到我家闭门讨论"碳9"的模式创新，思考了非常多的方向，但都难以落地。

这时候北京开始进入冬天，连续严重的雾霾，我连续两次感冒加支气管肺炎。为转型昼思夜想焦虑不堪，连续的熬夜，导致肩周炎、颈椎病连续爆发。这时候各种糖尿病并发症开始出现，而这时我根本没意识到我得了严重的糖尿病。

到2017年初的一次闭门讨论中，"碳9"学委封淼问了我一个非常犀利的问题：冯老师，我问你一个人生终极问题，你希望十年后中国创投圈记住你是个特别牛的天使投资人还是人民教育家？一话惊醒梦中人，这个问题让我如芒刺在背难以回答，让我更加辗转反侧夜不能寐。

紧接着，身体的危机爆发了。2017年1月24日中午拿到体检报告，报告的结果吓我一跳：空腹血糖正常值是3.9-6.1，我是17.72；餐后两小时血糖正常值是3.9-7.8，我是31.69。春节后在北大医院住了二十一天，每天饮食控制加万步走，测五次血糖，打四次胰岛素，出院时各项指标基本恢复正常。住院期间除了研究大量关于糖尿病的资料，更多的时间都在思考人生方向和"碳9"转型问题。

回顾自己的职场历程，多次在创业与投资之间切换。最早的创业是1996年，当时得到广州一个民营企业家150万元的投资，在天津做了一家声讯台，十八个月收回投资。第一次创业就小有成功，那时既没有商业计划书的概念，也不知道天使投资为何物。在南开大学读完 MBA 之后，2001 年初加入联想投资，做的第一个项目就是科大讯飞，当时估值 2 亿，现在市值 424 亿。2011 年下半年回到天使投资圈，2012 年初幕后参与真格基金投资了找钢网，当时估值 3000 万，现在估值超过 100 亿。在联想投资和真格基金的经历让我看清了几个事实：第一，一个投资人如果不解决独立获取优质项目源的能力，根本轮不上拼判断力；第二，如果你不是基金的核心控制者，你就是个打酱油的，名和利都与你无关。创投圈本是名利场，名利场的塔尖上风都很大。

2017 年 2 月 20 日出院之后，3 月 15 日开始组建了团队，两位 80 后年轻人加入"碳 9"团队；4 月份第三十一期战略规划课程结束叫停了原来的免费课程模式；5 月份推出"碳 9 变革·九级通关"；6 月份把"碳 9 学社"升级为"碳 9 加速器"。"碳 9"，正在发生一场悄悄的但是非常剧烈的转型升级。

碳 9 变革·九级通关

大家谈创业，总喜欢谈用户是谁，痛点是什么。其实创业者踏上创业之路，最根本的是要解决自己的痛点，自己的痛点背后隐藏着你为什么要创业的动机。从解决自己的痛点出发，由内而外，发现用户的痛点，两者相结合，才能真正解决创业动机和方向的问题。同时能解决我的痛点和创业者痛点的，就是加速器。

早在2015年3月"碳9"刚起步的时候，我就想做加速器，当时跟ATA董事长马肖风谈想用ATA地下二层的地方，结果马先生在那之前已经决定把场地租给了他投资的另外一个项目，时机很不巧。另外，"碳9"刚起步，各方面积累不够，直接上加速器挑战会很大。后来跟吴玲伟谈过多次一起合伙做加速器的事，但我觉得时机不成熟，下不了决心，最后玲伟投奔了洪泰，于是有了后来的AA加速器。做加速器的想法就暂时搁置下来。

2017年4月16日第三十一期战略规划课程结束，我下决心停掉原有的免费课程模式。我在社群里发起创业者调查，了解大家对课程的反馈，针对这些反馈做了一系列课程变革。花了一个多月时间整理一个九级通关创业系统分析工具，征集"碳9"变革三十人，跟我一起推动"碳9"的变革。

5月26日—28日，我们正式推出《碳9变革·九级通关》课程。与以往每月一个主题的学习不同，这期课程的逻辑是，先做一个创业复盘，然后提供一个对创业项目进行系统分析的工具：九级通关，拆解一个对标案例，最后以小组为单位做一个落地方案。无论在课程内容还是组织方法上都做了很大的变革。

课程第二天下午的落地方案汇报，我当场宣布投资哲哥的

"小辣龙"和王赫的"口才星",引爆了课堂和社群。之前我并没有跟两个创始人有过任何关于投资的沟通,在这两组上台汇报之前我也没想要不要投这两个项目,是这两个小组完美的团队合作精神当场改变了我的想法。加之以前哲哥和王赫都是老"碳粉",学习态度、学习能力、组织能力在社群里都得到了比较好的展现。"碳9"的自我变革需要点这样一把火。

"创业复盘"是直击每个人灵魂深处的解剖刀,它能让你深入地思考关于人生的终极问题:我是谁?我从哪里来?我要往哪里去?我为什么要去那里?我如何去那里?凭什么我能去?

面对这样直面人生的问题,有的人愿意面对,有的人不愿意面对;有的人灵魂可以被唤醒,有的人灵魂已完全麻木无法唤醒。最触动人的学习,一定是直击灵魂的学习。未来的"碳9"只选择那些愿意自我解剖,有灵魂有信仰的创业者同行。

我站在台上讲四个小时,试图用几个小时把九级通关的庞大体系让创业者掌握是不可能完成的任务,也是不必要的任务。早期0-1阶段的创业者理解不了千亿规模大企业的思维逻辑。九级通关课程只讲这一次,没有第二次了,九级通关已经完成了自己的历史使命。

九级通关必须大幅压缩,紧密围绕人和事两个层面。投资人看项目,无非看两点,第一是人,第二是事。人的关键是创业团队,团队的核心是领军人物;事的核心是方向和商业模式。创业加速必须紧密围绕创业团队和商业模式这两个最根本的问题。商业模式千人千面，没有任何两个创业项目商业模式是完全一样的，但人的问题对任何项目都是一样的。

投资人要不断自我突破。过去我做天使投资，跟圈内绝大多数同行一样，选择低调，投啥都不说，只有项目活了，才愿意跟别人分享。因为天使投资失败率太高，晒投资项目最终失败了是很没面子的事。这次九级通关课程，我当场宣布投哲哥和王赫，是我对自己的一次自我颠覆。

改变创业者在社群里的生存状态。这次课程把哲哥和王赫两个创业者推上了"碳9"的大舞台，聚光灯都照到他们身上，他们成了"碳9"变革的标志性产物，想退都没退路。这俩家伙，一个说十年内要成为中国少儿口才培训第一人，另一个说十年之内要做一家食品类主板上市公司。未来十年，为了兑现自己年轻时吹的牛，他们必须不断奔跑，而且两个人还得较劲，看谁跑得更快。这次课程第二天各组汇报落地方案，他们所在的未来队和独角兽队全组同学通力合作帮他们打磨项目，汇报时又被拍砖无数。而正是这种站在聚光灯下，支持者无数，同时怀疑者拍砖者无数的社群环境，让他们站在风口浪尖上，这会大大加速创业者的成长。

创业复盘、对标案例拆解、落地方案、合伙创业是这次课程的重大收获，是下一步发力的重点。

坚持开枪比坚持瞄准更重要。这句话是第三十一期战略规划课程华夏幸福基业董事长助理李晨分享的一句话。企业家不是理论家，不能只思考不行动，必须在不断开枪中不断调整准星。课堂现场开的两枪，让"人民教育家"重新回归天使投资人角色。这两枪，扭转了"碳9"的历史进程。

碳 9 加速器

基于以上复盘，即日起，"碳9学社"正式升级为"碳9加速器"。碳9加速器定位学习赋能型加速器，寻找商业嗅觉敏锐、具有强烈企业家精神和强大学习能力的早期创业者，依托"碳9"创新的学习方法论，通过创业加速课程＋天使投资，助力创业者成长。

过去几乎所有的投资人都是筛选逻辑，只解决资本配置，很少做价值创造，更不会花时间去培养创业者。我们认为未来天使投资的竞争，已经不是判断力的竞争，而是对优质项目源的竞争和对资本附加值的竞争，资本的附加值是争夺优秀创业者的核心武器。碳9加速器要致力于做价值创造型天使投资，通过创业加速课程做价值创造，通过天使投资完成闭环，最后退出完成价值变现。

我们寻找的创业者应具备什么特征？

敏锐的商业嗅觉

商业嗅觉的背后是野心，可能是对赚钱的饥渴，可能是对打破阶层固化实现阶层阶跃的渴望，可能是改变世界实现自己人生价值的梦想。

强烈的企业家精神

　　企业家精神的核心是创新与冒险。创新可能来自于商业模式创新、技术创新、产品创新、资源组合创新、组织创新任何一个维度，冒险精神则是企业家群体与职业经理人群体最根本的差别。商人虽然也跟企业家一样具备冒险精神，但企业家除了追求物质财富，还追求精神财富，追求用组织化的方式创造伟大的企业，企业是企业家的终极产品。

强大的学习能力

　　认知障碍是早期创业者失败的重要原因。靠肤浅的认知对付创业，就相当于业余选手上了职业拳台，三拳两脚就会被人打倒。静下心来，潜心学习，打造自己的学习能力，是创业者磨刀的过程，也是提升武功的过程。只有具备持续的自主探究学习能力，不断突破自我的认知障碍，你才可能具备走上创业拳台与高手一较高低的资格，不爱学习不会学习，没上台输赢就已经定了。

　　我们如何做价值创造？

　　未来碳9加速器将连续推出"对标"系列创业加速课程，选择创投圈最具代表性的创业案例进行对标研究。主要从三个维度进行对标研究：

　　第一，创始人成长历程，通过创业复盘做自我解剖，然后对标该创始人成长历程，寻找差距获得启示建立自信，明确人生目标。

第二，创业企业成长历程、商业模式、竞品分析，对比自己的企业，寻找差距、增长见识、打开视野、形成思路。

第三，融资历程，对标案例在企业发展不同阶段都获得了哪些投资人的投资？投资规模和估值是多少？投资逻辑是什么？对自己的启示什么？对标案例研究最终要形成落地方案，解决自己怎么做的问题，核心围绕如何组建合伙创业团队和梳理商业模式。

我们如何完成闭环？

我们会选择学习过程中表现卓越的创始人进行天使投资，投资额度 100 万～300 万人民币，我们选择隔轮全退或部分退出实现价值变现。

我们的价值观

创始人本质上是无法"培养"的，一个人是否具备企业家精神和商业才能是内在基因决定的，但同时我们深信人是环境的产物。一颗在沙漠中可能无法萌发的种子，在碳 9 加速器知识密度超浓的环境里，这个种子就可能萌发出来。碳 9 加速器能做的，就是创造这个让种子能萌发的知识密度超浓的环境。

单纯地给资源，尤其是给有形资源，并不会真正改变创业者，只有从心智层面、精神层面、视野和思路层面、知识和技能层面改变创业者，才会带来根本的改变。

我们深信物以类聚人以群分，成功的天使投资是具备先进投资理念的高附加值资本与企业家精神的完美结合。

没有过去两年半"碳9学社"的艰苦探索，碳9加速器不可能凭空诞生出来。"碳9学社"在打造创业者学习型社群上所做的每一分努力，都会成为碳9加速器的基石。"碳9学社"在创新学习方法论层面的探索，会成为碳9加速器的基因，这个学习基因会让碳9加速器从一开始就与众不同。未来的碳9加速器将是一个学习赋能型加速器，学习既是赋能手段，也是筛选工具。创业者必须把自己打造成学习型创业者，把自己的公司打造成学习型组织，才具备了参与创业竞争的基本条件。碳9加速器是检验创业者学习成果的擂台，是创业者出征的起点。未来，碳9加速器将走出一批成功创业者群体。他们的共同特征是：掌握"碳9"学习方法论，具备持续的自主探究学习能力，具备敏锐的商业嗅觉，具备强烈的企业家精神。他们的共同标签是：碳9制造。

碳9加速器承载的不是我个人的梦想，它承载的是所有希望通过创业改变人生命运的创业者的梦想。梦想的力量汇聚到一起，才会爆发出巨大的能量。没有任何力量，比梦想更强大；没有任何力量，比创新更能改变世界；没有任何力量，比创业更能改变人生命运；没有任何力量，比学习更能帮创业者走得更远！

历史已经发生，未来已来。碳9制造的梦想，已经启动；碳9加速器，已经上路。没有开幕仪式，没有酒会，没有鲜花，没有掌声，我们选择润物细无声的方式上路。我们相信，在探索助力创业者成长的道路上，我们会走得很远。

碳9学社创始人　冯新

2017 年 12 月 16 日

感谢：向创业者致敬

　　每当领奖的人站在领奖台上的时候，总要说很多感谢的话，我一直以为那都是客套话。直到《创业的基因》这本书出版时，回眸一望，我才觉得要感谢的人原来是那么多。我们是第一次尝试在众筹网上众筹出书，看到许多众筹中途夭折，心里也没有底，没想到许多创业的朋友竟然是那样热情地参与进来，有的创业者甚至连名字都没有留下。这种真诚和对创业的渴望，让我感动不已。正是这种创业的热情和梦想，才使得中国的创业大潮汹涌澎湃，而在大潮中为实现自己和国家的梦想，也值得我们用笔墨丹青将其长久地记录下来。

特别鸣谢

卿　永	常　筠	李小光	侯琰霖	陈　雪
茹　敏	于　鲁	戴启彬	翁祖华	杜成福
李　静	孙　颖	张继之	范贤一	郭　霁
王喻哲	王文杰	杭新宇	朱怀阳	王正伟
王高歌	范　炜	潘　盼	李　娟	罗奇斌

米登燕	蓝 河	李星梅	睢 雅	廉雪冬
林华英	吴佳昱	王朝薇	顾创伟	费 燕
刘 东	李俊山	淦南森	冯 晶	许静宜
孟凡静	姜建峰	刘川杨	王 赫	孟 威
张毅伟	熊 兵	吕海霞	毛圆媛	李新浩
陈 浩	王督皓	黄鹏飞	王思源	李 京
朴 龙	束毅峰	宋 阳	姚振华	李素泉
高振旭	李 昕	王厚智	张晶晶	蒋麒霖
解晓洋	张小咖	王硕朴	方 然	罗 敏

感谢

段思程	史红领	何建磊	王晓红	杨洺锌
顾芳绮	张 雄	宋 振	罗 静	马卫东
封 淼	沙元军	郭 瑞	谢立群	张智鸿
王 冲	邬耀华	傅 军	谢会芳	梁志豪
周 翔	吴 昊	胡智勇	张会霞	何 荣
曾献诗	曹锦梅	郭 艳	郑 创	王彤双
易 扬	刘 聪	李铁峰	张东兴	任淑一
常文平	钟士叶	张 茜	王国琼	喻燕妮
王政严	李 鑫	字文莉	张瑞芬	王 钊
金 晶	金春光	尹天保	王 哲	陈 庆
欧成宪	罗晓洁	洪 涛	周丹丹	侯文虎
范圣普	钟 亮	李立波	王元福	郭 翰

谭杰宏	米 亚	王理行	方玉燕	姚建君
马 婧	朱洪泽	尧德会	葛思汝	周 罡
王 贺	孙宏光	高燕飞	武 玲	林 树
郑 凯	陈楷博	王保富		

感谢那些参与众筹却不愿意留下姓名的朋友们。

感谢碳9学社创始人冯新老师。

感谢本书的总策划傅晓晶老师。

感谢作家出版社的编辑罗静文、张平老师。

正是他们的智慧和勇气，才使这样一本创业的纪实文学得以出版。

最后我们还是应该感谢这样一个改革开放的伟大时代，正是因为这个时代，才会涌现出这样的创业者，也才会有这样一本关于他们创业的书。

谨以此书献给中国改革开放四十周年。

作者

2018 年 5 月 6 日

图书在版编目（CIP）数据

创业的基因／文经风著．-- 北京：作家出版社，
2018.6

ISBN 978-7-5063-7947-2

Ⅰ．①创… Ⅱ．①文… Ⅲ．①纪实文学－中国－当代 Ⅳ．① I25

中国版本图书馆 CIP 数据核字 (2018) 第 096048 号

创业的基因

作　　者：文经风
责任编辑：罗静文　　张　平
装帧设计：意匠文化·丁奔亮
出版发行：作家出版社
社　　址：北京农展馆南里 10 号　　邮　　编：100125
电话传真：86-10-65930756（出版发行部）
　　　　　 86-10-65004079（总编室）
　　　　　 86-10-65015116（邮购部）
E-mail:zuojia@zuojia.net.cn
http://www.haozuojia.com（作家在线）
印　　刷：河北画中画印刷科技有限公司
成品尺寸：142×210
字　　数：180 千字
印　　张：9.125
版　　次：2018 年 6 月第 1 版
印　　次：2018 年 6 月第 1 次印刷
ISBN 978-7-5063-7947-2
定　　价：48.00 元